2024四川外国语大学校级科研项目（项目编号：sisu202444）

日本近现代男性作家的女性认知研究

黄芳◉等著

苏州大学出版社
Soochow University Press

图书在版编目(CIP)数据

日本近现代男性作家的女性认知研究 / 黄芳等著.
苏州：苏州大学出版社, 2024.11. -- ISBN 978-7
-5672-5038-3
Ⅰ. I313.064
中国国家版本馆 CIP 数据核字第 20243A8D63 号

书　　名：日本近现代男性作家的女性认知研究
　　　　　Riben Jinxiandai Nanxing Zuojia de Nüxing Renzhi Yanjiu
著　　者：黄　芳　等
责任编辑：杨　华
装帧设计：刘　俊

出版发行：苏州大学出版社（Soochow University Press）
社　　址：苏州市十梓街1号　邮编：215006
印　　装：苏州市古得堡数码印刷有限公司
网　　址：www.sudapress.com
邮　　箱：sdcbs@suda.edu.cn
销售热线：0512-67481020

开　　本：700 mm×1 000 mm　1/16　印张：10.5　字数：161 千
版　　次：2024 年 11 月第 1 版
印　　次：2024 年 11 月第 1 次印刷
书　　号：ISBN 978-7-5672-5038-3
定　　价：45.00 元

凡购本社图书发现印装错误，请与本社联系调换。
服务热线：0512-67481020

前　言

　　男女的关系就像"另一半"这个词所描绘的一样,对方是自己的另一半。恋爱是男女关系里某一种形式上的精神领域的相互介入。有人说,小说是男人写女人,女人写女人。纵观世界文学,男性作家创作了大量的知名女性角色,如安娜·卡列尼娜、包法利夫人等。日本近代文学强调自我的确立,作家因其家庭背景、生活环境、个人资质等差异,对问题的看法也各异。日本近现代男性作家在描写男人时主要描写近代知识分子的自我觉醒,同时他们也以观察者的身份描写作为他者的女性。他们从男性角度审视男女关系,在描写妻子时将妻子视作他者,她是外部的人,是与自己对立的存在。男女之间的关系非常奇妙,对男人来说,女人是他者,也是分身。面对女人,男人或追逐或犹豫或逃避。当男人意识到自己会被女人吸引时,就开始思考自己会被哪种类型的女人吸引,这便是男性作家笔下的女性形象。

　　文学在审美体验和价值评价中透露出作家对社会、人生和审美的观察与思考。不同民族的价值观与审美观各不相同,就日本作家而言,从古到今,对女性的认知建立在尊重女性的基础之上,但女性的地位又低于男性,这是价值观的体现,然而从审美的角度来看,文学作品仍然要体现女性足够的美感。表面上看,日本文学作品里描写的日本女性地位似乎很高,但实际上从近代乃至当代来看,日本女性的社会地位仍然低于男性。相比而言,在日本,从古到今,无论是男性作家还是女性作家,其笔下的女性书写均是非常复杂而难以梳理的。本书通过研究日本近现代著名男性作家的女性成像,以期能够一窥日本男性作家复杂而矛盾的女性观。

日本近现代男性作家对女性形象的认知反映出了他们在社会变革过程中对女性认知的复杂心态。一方面,他们内心深处存在着理想的女性形象,对女性有着憧憬和向往,肯定女性作为人有着与男性同样的社会生存权利,力求跟随社会的开化接纳男女平等;另一方面,现今的社会依然留恋着男权的传统。近现代男性作家以当时进步的社会思想来抨击传统的男权,反映了女性生命意识与男权文化的博弈。在博弈的过程中,男性作家的女性认知也在不断进步,甚至具备了一定程度上的超越时代的批判精神和先进性。

本书主要从两个方面对日本近现代男性作家的女性观展开研究:一是近现代男性作家的女性认知。涉及的男性作家有被称为日本近代文坛双璧之一的夏目漱石,唯美派作家永井荷风,白桦派作家有岛武郎,新思潮派的"鬼才作家"芥川龙之介,战后派作家三岛由纪夫。二是东西方男权视角下日本男性作家的女性观比较,包括两位日本诺贝尔文学奖得主川端康成与大江健三郎的女性观比较,谷崎润一郎与山田咏美两位不同性别作家的爱情观比较,日本作家森鸥外与意大利作曲家贾科莫·普契尼的"夫弃"式悲剧的比较,中国当代作家余华与森鸥外以象征符号似的叙事诉说现实与幻觉,等等。这些研究不仅仅停留在家庭、社会、人际关系层面,还涉及叙事学、社会学、哲学等领域,试图向读者展现全面、立体的日本近现代男性作家的女性观。

通过文本与超文本的综合分析,考察日本近现代男性作家对女性形象的认知,是迄今为止未曾有过的研究。本书从森鸥外、夏目漱石、芥川龙之介、谷崎润一郎、永井荷风、有岛武郎、川端康成、大江健三郎、三岛由纪夫等近现代文坛有名的男性作家着手,分析男性作家在女性人物形象塑造过程中的心理、社会语境、审美过程,以及在女性人物形象塑造过程中的语言应用。其中,《有岛武郎文学中女性诉求的艰难抉择》(廖梦秋)、《永井荷风的女性主体意识》(胡瑜)、《三岛由纪夫〈金阁寺〉中生灭因缘的外现具象》(张琳)、《以象征符号似的叙事诉说现实与幻觉》(王云樵)这四章是由本人指导研究生完成的。

本书的主要内容如下。

迄今为止,中国日本文学研究界鲜有学者从女性观的学术视角研究夏目漱石后期三部曲中通过男人的"妒"来烘托女性在社会生活中的"女性气质"。男性气质与女性气质并非两个全然决裂的社会性别范畴,而是相辅相成、互为支撑的。因此,当我们着眼于女性气质研究时,不应将视野仅仅局限在女性本体上,而是既有女性本体的层面,又有男性相对体的另一个层面。正是出于这样一种思维模式,本书试图从夏目漱石《春分之后》《行人》《心》中描写的男人的"妒"去考察夏目漱石的女性观。

有岛武郎是日本白桦派的代表作家之一,纵观有岛武郎的创作生涯,其文学作品中的女性形象其实在不断发生改变。通过《法兰西少女》和《石头下的杂草》,有岛武郎分别刻画了"天真无邪的少女"和"妖艳魅惑的人妻"这两个女性形象,从侧面反映出有岛武郎内心的纠结,体现了有岛武郎对女性形象的艰难抉择。

在永井荷风的三部作品《竞艳》《梅雨时节》《背阴之花》中登场的主要女性大多生活在社会底层,她们用各自的方法宣告女性主体意识的觉醒,构建女性的主体性,甚至颠覆传统的性别分工,创造出新的家庭关系。鉴于女性的地位与困境,永井荷风也借由掌握主流话语权的男性角色的塑造表达出了对当时社会现实的批判,但他没有进行更深层次的剖析与思考,始终还是难以摆脱男权文化传统的影响。

芥川龙之介在感性上将女性仅仅视为社会生态中的必然存在,这种存在是不必特别在意,乃至于可以视而不见的。然而在理性上,他肯定女性作为人有着与男性同样的社会生存权利,并以当时进步的社会思想来抨击传统的男权,反映了女性生命意识与男权文化的博弈。在博弈的过程中,芥川龙之介的女性认知也在不断进步,甚至具备了一定程度上的超越时代的批判精神和先进性。

森鸥外的《舞姬》和贾科莫·普契尼的《蝴蝶夫人》均诞生于19世纪女

性主义第一次浪潮期间，是典型的"夫弃"式悲剧。东西方"夫弃"式悲剧因为文化差异会在某种程度上表现出不同的状态，但是同样在男权文化影响下的作品传递的主题是一样的，均是描述女性在不对等的关系中被男性抛弃的悲惨命运。

三岛由纪夫在《金阁寺》中描写的不再是单纯的女性人物形象，她们是主人公精神世界的外射。三岛由纪夫在《金阁寺》中抛却了自己对于女性蔑视与憎恶的认知外壳，借助女性鲜活而统一的灵肉，通过"美"的手术刀精准切割着蕴含其中的"有为之生"。通过"有为子"这一有机主体目睹了生灭诸相中的圣洁堕落、背叛谄媚、妄识解脱，完成了"相有体无"的认识构图，三岛由纪夫本人也在这一过程中完成了对女性的认知重构。

森鸥外和余华分别是日本近代与中国当代文坛的著名作家，从《雁》和《文城》中便可窥见两位作家对"追求自我觉醒与情感解放的女性"主题的思考。两部作品描写的故事均发生于19世纪末20世纪初。《雁》中的小玉和《文城》中的小美都是出身贫苦人家的姑娘，其自我均呈现出"丧失—挣扎—破灭"的规律性。小玉和小美置身他者境遇中相似又不同的苦难人生及复杂矛盾的自我赋予了两人象征符号般的命运，诉说着同处东方文化语境中的两国女性所面对的现实问题。

山田咏美的《贤者之爱》貌似正面挑战日本唯美派作家谷崎润一郎的《痴人之爱》，实质上是在继承与颠覆中重塑自我。继承与颠覆并非相悖，颠覆是在继承的前提下或积极的进步或消极的退步。山田咏美跟谷崎润一郎的小说世界颇有重叠之处，她巧妙地借助谷崎润一郎文学的衣钵，融入了看似相似实质相异的文学元素，令读者在似曾相识的文学框架下获得了全新的文学体验。

川端康成和大江健三郎是日本获得诺贝尔文学奖的两位优秀男性作家，获奖时间相隔26年，他们虽处于相同的文化背景中，但文学风格迥异。川端康成在《生为女人》里将日本女性的温柔与坚毅、大江健三郎在《人生的亲戚》里将日本女性的勇敢及历经磨难后的坚强展现在读者面前，读者可以从中获取力量。两位作家对女性持肯定的观点。川端康成的女性观是对日本传统文学中女性观的继承,大江健三郎则是对西方文学中女性观的受容。两位作家女性观的不同之处体现了随着时代的变迁日本男性作家对女性的审美认知发生了变化。

黄　芳

2024 年 11 月

目 录

上篇　日本近现代男性作家的女性认知

3	**第一章　夏目漱石女性观之悖论**
	——聚焦文学作家的后期三部曲
4	一、在传统伦理与知性中徘回
7	二、文明开化语境中灵与肉的背离
10	三、善与恶的内心纠葛
15	**第二章　有岛武郎文学中女性诉求的艰难抉择**
	——少女与人妻的灵魂碰撞
16	一、《法兰西少女》中天真烂漫的少女形象
21	二、《石头下的杂草》中红杏出墙的娼妇形象
26	三、《法兰西少女》与《石头下的杂草》中的矛盾集合体
29	四、有岛武郎文学中女性形象的艰难抉择
32	**第三章　永井荷风的女性主体意识**
	——在徘徊中走向坚毅生命认知
33	一、《竞艳》中的女性主体意识觉醒
36	二、《梅雨时节》中女性的主体建构
39	三、《背阴之花》里的男女和谐关系
42	四、永井荷风笔下的女性主体意识

46	**第四章 芥川龙之介之女性言说**
	——女性生命意识与男权文化的博弈
48	一、徘徊于生命原欲中的女性形象
50	二、对世俗伦理的人性拷问
51	三、自我重荷之下的女性的世俗沉浮
54	四、走不出男权传统的樊篱
56	五、人性视域下姐妹连带感的丧失
59	六、女性自审意识的衍进
61	七、虚幻世界中的自救与他救
63	八、对女性贞操观的现实批判
67	**第五章 三岛由纪夫《金阁寺》中生灭因缘的外现具象**
	——有为子的"因"与"果"
67	一、有为子的"有为之生"与金阁的"无为之美"
74	二、"有为子即金阁"的生灭诸相
77	三、"有为子即金阁"的服饰——西装、和服与外套
80	四、"有为子即金阁"的生命创造

下篇 东西方男权视角下日本男性作家的女性观比较

85	**第六章 东西方男权视角下的"夫弃"式悲剧**
	——森鸥外的《舞姬》与贾科莫·普契尼的《蝴蝶夫人》
85	一、"夫弃"式悲剧
88	二、东西方的"家庭天使"
92	三、"家庭天使"和"夫弃"式悲剧中的原型批判
95	**第七章 以象征符号似的叙事诉说现实与幻觉**
	——森鸥外的《雁》与余华的《文城》
96	一、门窗与衣裳——于他者境遇中丧失的自我
100	二、红雀与道路——于美好向往中挣扎的自我
108	三、雁与文城——于自由幻境中破灭的自我

118	**第八章　在继承与颠覆中重塑自我**
	——谷崎润一郎的《痴人之爱》与山田咏美的《贤者爱》
119	一、痴人与贤者的本能欲望
125	二、两个 Naomi 的情感内视性与时空交错
127	三、爱的真谛——回归文学母题
131	**第九章　两位日本诺贝尔文学奖得主的女性观**
	——川端康成的《生为女人》与大江健三郎的《人生的亲戚》
133	一、川端康成与大江健三郎女性观的表象与内在
141	二、川端康成与大江健三郎女性观的呈现范式
142	三、川端康成与大江健三郎女性观的异同与成因
146	**参考文献**

上篇

日本近现代男性作家的女性认知

第一章

夏目漱石女性观之悖论

——聚焦文学作家的后期三部曲

迄今为止，中国日本文学研究界对夏目漱石（1867—1916）文学的研究，就宏观研究而言，大多将视野投向了夏目漱石的文学观、思想内涵、人物形象、叙述特色等方面，而在微观研究上似乎更看重对中国读者颇为熟悉的《我是猫》《哥儿》等作品的评论。鲜有学者从女性观的学术视角研究夏目漱石后期三部曲《春分之后》《行人》《心》中通过男人的"妒"来烘托女性在社会生活中的"女性气质"。

所谓"女性气质"，是指超越肉体上的性别，而在心理上、精神上呈现的社会学属性。世俗文化通常认为，女性气质就是女人味，包含温柔、包容、柔软、慈爱等特性。相反，男性气质就是男人味，包含责任感、气度、领导能力、忍耐力等特性。女性气质多受情感的支配，而男性气质则充满逻辑性和行动力。正因为如此，日本才会出现"女人要会撒娇，男人要有气度"的谚语，撒娇是女人味的体现，气质则是男人味的表征，这是传统躯体修辞学里两性躯体修辞的代码，是传统社会对男性气质和女性气质的诠释，也是男女在传统社会生活中的行为规范准则，是男女社会性别最直接的体现。

然而，男性气质与女性气质并非两个全然决裂的社会性别范畴，而是相辅相成、互为支撑的。没有男性气质作为衬托，就看不到女性气质的存在；反之亦然。

因此，当我们着眼于女性气质研究时，不应将我们的视野局限在女性本体上，而应既有女性本体的层面，又有男性相对体的另一层面。正是出于这样一种思维模式，我们试图从夏目漱石后期三部曲《春分之后》《行人》《心》中描写的男人的"妒"去考察夏目漱石的女性观。

从心理学来讲，嫉妒是人从婴儿时便有的一种负面情感，在社会生活中每个人都会产生嫉妒心。与人类的其他情感一样，嫉妒是人类原始的本能情感，与性别无关。由于嫉妒一开始便被贴上卑劣、邪恶的标签，受到人们的谴责和唾弃，因此人们一般不会轻易表露对他人的嫉妒。在男性占据价值体系的控制权和话语权的时代，他们执掌着塑造女性形象的权力，女性无法表现自己，于是男性习惯将一些负面标签强加于处于附属地位的女性身上。比如，"嫉妒"二字均带有女字偏旁，"嫉"为憎恨，"妒"即"忌妒"，对才能、名誉、地位或境遇等胜过自己的人心怀怨恨。汉字的构造将"嫉妒"贴上女性的标签。在一夫多妻时代，女人之间充满嫉妒和怨恨，为了一个男人不停地争吵，在中国也有"唯女子与小人难养也"的说法。而作为男性，夏目漱石深知男性在两性关系里表现出的嫉妒心有时候比女性还要强。他在1912年至1914年期间创作了后期三部曲《春分之后》《行人》《心》，其结构为两男一女的三角关系。夏目漱石是描写三角关系的高手，常常通过三角关系来描写复杂的人际关系，在这三部曲里他直接描写了男人们的嫉妒心，并进行了详尽的剖析。

夏目漱石后期三部曲里体现的女性气质正是通过男性的嫉妒心来烘托的，这是夏目漱石后期三部曲的重要特征，而这一特征在文学评论界尚未引起学者们的足够重视。传统的对男性作家女性观的研究方法是研究男性作家作品里的女性形象，我们以夏目漱石后期三部曲里男性身上体现的嫉妒心为切入点来考察夏目漱石女性观的悖论。

一、在传统伦理与知性中徘徊

嫉妒是人类的一种原始情感。嫉妒的产生需要一种三角关系，当一种特定的关系受到某人或某事的威胁时嫉妒就会出现。嫉妒分为三个层次：正常的一般性嫉妒、理智的可控性嫉妒、非理智的异常性嫉妒。

夏目漱石1912年创作的《春分之后》里的须永与千代子是表兄妹，从小就定了娃娃亲。千代子的父母也曾考虑过把女儿嫁给须永，但后来随着自身地位的稳固，加上不喜欢须永的性格和他那副弱不禁风的体格，便不再考虑这事了。须永也没有娶千代子的打算，两人之间的关系仅限于表兄妹，而须永强烈的男性自尊心使得他不愿为实现母亲的愿望而努力。

须永对千代子的感情是这样的："或许我一直是在不自觉地爱着她，也可能她也是在无意识之中爱着我……"[1]当须永意识到这点时，他没有采取任何积极的行动，从而错失两人走到一起的最佳时机。在须永心里，千代子是极富有女人味的温顺女子。千代子无所畏惧，但须永是一个行事迟疑不决的人，怕事，性格上南辕北辙的两人的确不太适合。"无所畏惧的女人与有所畏惧的男人便是千代子与须永的写照。"[2]可当听说一个叫高木的男人和千代子相亲时，须永的心里莫名产生了嫉妒。看到实际年龄比自己大，可肌肉丰满、充满生气的高木，他不由得自惭形秽。尤其当对方将自己的长处在须永面前炫耀时，须永骤然憎恶起他来。疑心很重，同时也常常怀疑自己，这是须永的秉性。"假使那真正是我乖僻的天性的话，那么其中就潜含着还没有凝结成形的嫉妒。"[3]

在男女关系中，嫉妒分为两种：一种是嫉妒越强，反映出的爱就越深；另一种是嫉妒，但并没有爱，只是占有欲的体现，不代表爱得多深。作为一个男人，嫉妒心是强还是弱，连他自己也混沌未分。须永虽然没有和高木去争夺同一个女人的想法，对千代子也没有爱到入骨，但每当看到高木便会产生不快。心中苦闷的须永极力想抑制住对高木的嫉妒。当所有人包括自己的母亲也对高木的为人处事赞不绝口，并把自己和高木作比较

---

[1] [日]夏目漱石.春分之后[M].赵德远,译.上海：上海译文出版社,2013：255.
[2] [日]渡边澄子.男漱石 女性が解く[M].京都：世界思想社,2013：229.
[3] [日]夏目漱石.春分之后[M].赵德远,译.上海：上海译文出版社,2013：274.

时，须永对母亲不由得生出了怨恨。夏目漱石在此加深了对人物内心活动的剖析，批判了人物的自私性格。须永希望千代子爱他，但明确表明自己不爱千代子。尽管须永从不避讳提及对高木的嫉妒，但他并没有与高木的竞争之意。因为他认为要靠激烈的竞争才能得到的女人本身并不值得自己去追求。须永就是这样一个缺乏勇气、意志薄弱的男人，性格上的脆弱是须永明显的缺陷。"但是，与我这个只有嫉妒之心而无竞争之意的人相适应的一种自命不凡的心理，在我忧郁、沉闷的心中像春天的地气一样总是时隐时现地往上冒。"[1]他明确意识到，尽管对于高木没有竞争心，但只要有高木这个男人在他眼前出没，他也要让千代子对他保持吸引力。在这场三角关系里，须永明确说出他并不想退出的原因："那时我的动力绝不是企图战胜高木的竞争心。"[2]这就像小孩一样，他原本并不想玩玩具，但当他看到别的孩子玩时，便想抢过来玩。他对千代子的感情是自私的占有欲在作祟，因此千代子控诉他"很卑鄙"，和高木相比，他心胸狭窄。

受过高等教育的须永性格上瞻前顾后、优柔寡断。"我在思考，如果我对高木的嫉妒，使我采取某种不可想象的手段，将来要感受到比今天强烈数十倍的痛苦的话，那该是怎么个光景呢？"[3]须永甚至产生了和俄国作家安德烈耶夫《思想》中的主人公一样的变态心理，幻想拿着文镇打进高木的颅骨，以此获得一种满足感，同时又意识到自己的堕落，也对自己产生这种不正常的心理感到疲惫不堪。须永知道如果承认自己嫉妒，就等于承认热恋着千代子。"因为我内心里实际上并没有觉得对她有过那样热烈的爱。这样说来，我就成了一个比别人嫉妒心要强两倍、三倍的人了。"[4]对高木燃烧着如此强烈的嫉妒心，证明须永性格上有明显的缺陷。但他承认，"因为对方是千代子，所以我的弱点才暴露得如此明显"[5]。从须永

---

[1] [日]夏目漱石. 春分之后 [M]. 赵德远, 译. 上海：上海译文出版社, 2013：299.
[2] [日]夏目漱石. 春分之后 [M]. 赵德远, 译. 上海：上海译文出版社, 2013：300.
[3] [日]夏目漱石. 春分之后 [M]. 赵德远, 译. 上海：上海译文出版社, 2013：309.
[4] [日]夏目漱石. 春分之后 [M]. 赵德远, 译. 上海：上海译文出版社, 2013：316.
[5] [日]夏目漱石. 春分之后 [M]. 赵德远, 译. 上海：上海译文出版社, 2013：316.

的内心剖白来看，他对千代子有爱而不自知。

须永与千代子两人之间没有未来，"他们二人成了为离而合，又为合而离的可怜的一对儿"〔1〕。"他们若成为夫妻，其结果将与以酝酿不幸为目的而结成的夫妻是一样的；而若不成为夫妻，就会继续以不幸的精神为不能成为夫妻感到不满。"〔2〕对须永来说，爱与不爱同样煎熬。每每遇到事情，他便会畏缩不前，同时心里反复纠结、痛苦却又无法摆脱。最后，朋友忠告他必须改变自己乖僻的性格，否则只会在痛苦中挣扎。他明白这个道理，却无法改变自身的性格，只有继续在痛苦中挣扎。男人超强的嫉妒心是导致他和千代子无法在一起的根源，而要令他改变性格，只有放弃自我。须永放弃和千代子结婚，因为他意识到自己是一个令大家都讨厌的人。他也思考过自己为什么令大家讨厌，但他想不出答案。当舅舅给他指出时，他又觉得舅舅很残忍。须永的嫉妒心属于浅表层次嫉妒，并没有产生实质性的伤害。须永与千代子最后是否走到一起，夏目漱石并未提及，仅以须永外出旅游而改变心态的信件结束。夏目漱石将男女情感的走向置于悬而未决的状态，深刻揭示了近代社会男女关系的复杂。抛弃一切对男女情感的幻想，令人们看清了现实与理想之间残酷的差距，夏目漱石是一位真正的现实主义作家。

二、文明开化语境中灵与肉的背离

嫉妒心往往导致嫉妒行为，而嫉妒行为普遍具有不同程度的破坏性。嫉妒会令一个人丧失理智，干扰正常的判断和思维，造成人格扭曲，是一种危害颇大的不健康的心理状态。嫉妒心强的人多是心胸狭窄、多疑多虑、自卑内向的人。嫉妒妄想症属于一种病态的嫉妒，处于嫉妒的危险层次。具体表现为常常怀疑其配偶有不贞行为，由此去寻找不贞行为的蛛丝马迹，从而又增加自身的妄想症程度。嫉妒是"双刃剑"，既害人又害己，

---

〔1〕［日］夏目漱石. 春分之后［M］. 赵德远, 译. 上海：上海译文出版社, 2013：335.

〔2〕［日］夏目漱石. 春分之后［M］. 赵德远, 译. 上海：上海译文出版社, 2013：336.

是一种精神折磨。

夏目漱石紧接着于1914年发表了《行人》,描写一郎夫妻和弟弟二郎之间的三角关系,但这段三角关系是一郎臆想出来的。一郎的婚姻由父母之命、媒妁之言撮合而成,一郎和妻子阿直的关系一直很冷淡,连一郎母亲和弟弟二郎都看得出来。一郎外表阴柔,"秉性就像女子,如天气那样阴晴不定,让人难以捉摸"[1]。一郎是一位学者,同时具有诗人般的纯粹气质。因为一郎是长子,所以被家里惯坏了。虽然他有学问,却小肚鸡肠。他赞成作家梅雷迪斯的感情观,"不抓住女人的灵魂也就是精神的话,我是不会满足的"[2]。作为一名近代知识分子,一郎受过西方思想的洗礼,渴望婚后夫妻恩爱,但现实是他与一个没抓住她灵魂或所谓精神的女子结了婚。看妻子与二郎相处融洽,他便怀疑妻子喜欢二郎。他对妻子一直不了解,很想去深入探究,甚至对二郎提出让二郎与妻子在外住一晚,以此考验妻子的节操。听到他的这一请求,二郎觉得哥哥简直就是个精神病患者。对于这个怀疑妻子清白的男人、被嫉妒折磨得无法入眠的男人,夏目漱石尖锐地指出,男人并非都是心胸开阔的代名词,小肚鸡肠、嫉妒心强的男人比比皆是。在日本传统文学里,这些无疑都是异端。一直以来,嫉妒是女人的秉性,因而《女大学》提出女子修身心得之一便是尽量克制嫉妒之心不发。一郎的婚姻观定位在精神交流层面上,假如他也如其他男人一样从一开始便不期待从妻子身上获得情感的慰藉,他也许就不会这么痛苦不堪。

一郎神经衰弱的根源在于他想要抓住妻子的灵魂却抓不住所引起的苦恼,他明白缘由,但他所受的教育不许他迈出走向妻子的那一步。二郎先于一郎认识嫂子,和嫂子总是能够谈笑风生,这是一郎产生怀疑的原因。

---

[1] [日]夏目漱石. 行人 草枕[M]. 李月婷,马丽,译. 北京:北京理工大学出版社,2015:105.

[2] [日]夏目漱石. 行人 草枕[M]. 李月婷,马丽,译. 北京:北京理工大学出版社,2015:107.

于是一郎殴打阿直，妻子却不反抗、不争吵，这让人觉得他们不像正常的夫妻。阿直利用丈夫的愤怒来证明自己优越感的态度，被一郎视为对他的残忍，他说女人比挥动拳头的男人更加残忍。一郎的悲剧是注定的，他骨子里是一个传统的男人，想与阿直有精神上的交流，却又怀疑妻子出轨。他信任二郎，让二郎去试探妻子的贞操，却无视被试探的妻子的尊严。这样的夫妻关系并非对等人格，甚至连基本的相互尊敬和信任都没有，又何来灵魂的相知。一郎找不到沟通的方式，陷入自设的困境中无法走出来，他的人生就是不断折磨自己的重复过程。最后他意识到"要么死，要么发疯，再或者就是入教。摆在我面前的，就只有这三条路"〔1〕。一郎不明白阿直是具有独立人格的个体，不是他的私有物。

一郎一心教书做学问，性格拘谨，没有学会与人相处的技巧，连女儿都不和他亲近，可谓高智商低情商。不会与人相处的原因在于他以自己为中心，一点小事就较真，要求每个人都附和他的价值观。无法触及妻子的内心是一郎最为痛苦的事，没有心灵交融的婚姻对知识分子一郎来说如同嚼蜡般无味。《列子·天瑞篇》云："古者谓死人为归人。夫言死人为归人，则生人为行人矣。行而不知归，失家者也。"一郎便是一名旅人，一直徘徊找不到归路。拥有渊博的知识和家族继承权的一郎有身份、有地位，可在家中却找不到自己的存在感。家里人都觉得他是一个高不可攀的怪人。一郎与阿直是相亲结婚的，一郎考虑过周围人的意见，可唯独没有考虑过两人是否有感情基础。

文明开化时期的知识分子普遍认为婚姻与纯粹的灵魂交流无关。对一郎来说，对灵魂伴侣的憧憬最终在婚姻中幻灭。夏目漱石处在更为现实的维度，渴望看清男女关系存在的问题。他试图结合实际问题描写男女双方在婚姻中的苦恼。由父母或兄长决定的婚姻无视当事人之间的情感交流，一郎承受着强烈的精神痛苦。有人认为男女间的激情与现实生活中的婚姻

---

〔1〕［日］夏目漱石. 行人　草枕［M］. 李月婷，马丽，译. 北京：北京理工大学出版社，2015：310.

可以明确地区分开来，但一郎不同，他渴望与妻子之间灵魂的交流，却找不到情感沟通的方式，这是由一郎自身性格上的缺陷引起的。文明开化以来，倡导自由婚姻的人指出，应该遵从自己的意愿选择结婚对象，而不是由他人来决定自己的婚姻。"'女人味'，'男子气'是文化社会性别的表象。"[1]小森阳一指出夏目漱石在作品里书写的是女人要有女人味，男人要有男子气度，一方面显示了夏目漱石对时代变迁中两性关系发生巨变的敏感体察，另一方面也体现了夏目漱石对男性负面性格的深刻自觉和反省。

三、善与恶的内心纠葛

后期三部曲的最后一部作品《心》里的先生与小姐是一对相亲相爱的夫妻，原本应该过着幸福的生活。但先生常常因为琐碎的小事而对好友K产生嫉妒，他认为这样的嫉妒是出于爱。先生的嫉妒造成了K的自杀，虽然他后来顺利地娶了小姐，但K成为他心里一道挥之不去的阴影，影响夫妻间的感情。先生是一位儒雅、受人尊敬的老师，因一念之差由善变恶，从此背上沉重的枷锁，备受良心的拷问，不得不每月去K的坟前忏悔。他一直怀疑自己是否有"心"，如果没有因为嫉妒去算计别人，他与小姐最终也能走到一起，先生的幸福是自己葬送的，最后他只能通过自杀来获得救赎。为了维护自己在小姐心中的美好形象，先生拜托朋友（叙事者）不要将K自杀的原因告诉小姐，小姐成为唯一不知情的人。相爱却未能相知，未能白头到老。爱情并不能够拯救先生，只有死亡才能令先生得以救赎。先生的孤独是爱却不能拯救的孤独。

曾经经历过被叔叔骗尽家产的先生对所有的人都心存怀疑，一直以来无法对人敞开心扉。他虽然喜欢小姐，却不喜欢被小姐诱惑。某次听到小姐屋里传来男人的声音，他便"奇怪地焦躁起来"，坐立不安，"神经与

---

[1] [日] 小森陽一. 漱石を読み直す [M]. 東京：ちくま新書，1995：111.

其说是在颤抖，不如说是已经被巨大的波浪拍打得全身不舒服"。[1]内心已经扭曲的先生优柔寡断，扭扭捏捏，从不向人吐露心里的想法，缺乏男人的气度和果断。先生带回 K 住进小姐的出租房后，听到 K 与小姐在聊天，令爱慕小姐的先生心生嫉妒，先生对 K 与小姐的接触十分敏感，总觉得小姐对他说的"欢迎回来"听起来十分生硬，K 的语气很不自然。K 表面仿佛蔑视女人，在先生心中独一无二的小姐他都不放在眼里，"我对 K 的忌妒，应该从那时候就开始了"[2]。从此先生再也不愿意把 K 一个人留在家里，看到 K 和小姐越走越近，他心里很不舒服。

自认为各方面都不如 K，担心小姐被 K 抢走的恐惧、反复的怀疑和猜忌令先生一直处于焦虑的状态，直到有一天，K 向先生倾诉自己爱上了小姐。先生认为精神上不进取的人是蠢货，然后决定先下手为强，背着 K 让夫人把小姐许配给他。夫人同意了，先生收获了爱情，K 却自杀了。先生靠手段获胜，赢得美人归，却输掉了友情。出于强烈的自尊心，他没有向 K 道歉。虽然他成功了，但因为自责和内疚，他再也无法过上正常的生活。"我即使在战略上胜出了，但作为一个人，我已经输了。"[3]尤其在 K 自杀以后，先生看到 K 死后的脸，深深感到一种恐惧，对于自己的无耻，先生没有办法饶恕自己。他后半生都活在忏悔当中，他的眉宇间总有一丝阴霾。尽管他娶了心爱的女人，却又没有对妻子坦白的勇气，不得不疏远妻子。自己亲手破坏了 K 的幸福，成为 K 自杀的原因，先生愈发厌恶自己。这种罪恶感令先生选择自杀，以此完成对自我的救赎。

"先生与遗书"章节便是先生的忏悔录。出于强烈的自责，先生每月去一次 K 的坟前忏悔，最后想到"自我鞭策不如自杀"。好人有时也会突

---

[1] [日]夏目漱石. 从此以后　心[M]. 侯绪梅，李月婷，译. 北京：北京理工大学出版社，2015：321，322.
[2] [日]夏目漱石. 从此以后　心[M]. 侯绪梅，李月婷，译. 北京：北京理工大学出版社，2015：344.
[3] [日]夏目漱石. 从此以后　心[M]. 侯绪梅，李月婷，译. 北京：北京理工大学出版社，2015：385.

然变坏,一切源于人的执念。先生对自己所爱之人的执念太深,深到让自己嫉妒发狂。先生的执念建立在K的痛苦之上,他为得到小姐而采取了卑劣的手段,却逃不过内心深处对自我的谴责。先生烦恼的根源和一郎一样,源自"无法与他者沟通的苦恼与悲哀"[1]。因为看不透别人的心,他怀疑小姐一家喜欢自己是否看上自己的财产,是否为自己设置了陷阱。先生经常突然冒出对K的嫉妒,是因为K和他同时爱上了小姐。为了获得心爱姑娘的心,先生面对曾经善良以待的K卑鄙地使出了手段"心"。

先生一直强调"恋爱是罪恶的",同时又是"神圣的"。善与恶只在一念之间,因嫉妒而采取的行为带来了一辈子都无法弥补的伤害,因嫉妒造成的悲剧令人唏嘘,这也证明嫉妒带来的恶果是灾难性的,毁掉的是友情和一生的幸福。一辈子教书育人、循规蹈矩的先生因为强烈的伦理道德观,活在内疚和自责中,无法坦然面对心爱的女人,又在无形之中与小姐之间产生了隔阂和疏离。先生自责,既不相信他人也不相信自己,至死都希望在妻子心中保持美好的形象,不希望自己的罪恶沾污妻子纯洁的心灵。先生所犯下的错不能与人言说,小姐不知道丈夫内心所想,俩人之间缺失了情感交流的关键——信任,爱便慢慢消磨在猜疑和不信任之中。

佐伯顺子在《爱欲日本》中指出,爱情应该是一对一的男女关系,一旦产生三角关系,那么对朋友的爱与对异性的爱便必然面临相互背叛的宿命。夏目漱石认清了这样的事实:"所谓'纯爱'在某个意义上就成了背叛一切他者的、终极利己主义的残酷行为。"[2]《心》里的先生便是因为自己的行为直接导致了K的自杀,备受良心的煎熬而选择自杀。先生想要维系自己在妻子心中的美好形象,但他又不能当着妻子的面忏悔,只有死亡才是救赎他的唯一方式。爱的排他性意味着爱的利己性,有爱并不意味着婚姻的美满,先生的秘密导致了夫妻之间情感的疏离,妻子因先生的躲

---

[1] [日]奥泉光. 夏目漱石 読んじゃえば?[M]. 東京:河出書房新社,2015:153.
[2] [日]佐伯顺子. 爱欲日本[M]. 韩秋韵,译. 北京:新星出版社,2016:365.

闪而陷入痛苦。夏目漱石认为爱并不能消除夫妻之间的隔阂,这揭示了男女情感中的绝对孤独感及相爱容易相处难的无奈。

女性的社会地位取决于女性在社会上承担的责任,还与社会形态、人们对性别的观念和女性受教育程度密切相关。女性虽然承担着繁衍人类最重要的任务——生儿育女,但这并不是女性社会生活的全部,女性必须与男性一样承担起社会责任。随着人类社会性的发展和人的观念改变、女性受教育的程度提高,女性在社会分工中承担了越来越重要的社会责任,其社会地位自然就提高了。

自1911年《青踏》杂志发行以来,以平冢雷鸟为代表的一群新女性出现,她们开始抵抗男性中心主义的思想。在女性作家的言说空间里,她们对社会灌输给女性"贤妻良母"的传统形象进行了颠覆和重塑,但日本近代文学双璧之一的夏目漱石另辟蹊径,从男性的角度去观察男性对婚姻、对两性关系的看法。在这三部曲里,夏目漱石探讨了不同情况的嫉妒,在二男一女的关系构图里,嫉妒永远存在。这三部小说均告诉我们这样的真理:嫉妒本是爱的证明,可因嫉妒而采取的过激行为,反而会令相爱的人越来越远。嫉妒是社会性别中女性性的内在体现之一。《春分之后》里须永因强烈的占有欲产生了嫉妒;《行人》里灵与肉无法交融,对假想敌的嫉妒,对妻子的不信任和猜疑令一郎陷入了精神上的混乱;《心》里的先生与K是朋友,在友情与爱情的角逐中背叛了友情,在善与恶的纠葛中丧失了"本心"。嫉妒令先生做出反常的行动,直接导致了K的自杀,产生了毁灭性的悲剧。夏目漱石将人内心深处的嫉妒、爱也不能拯救的绝对孤独血淋淋地剖析并展示于人前。他对人类情感世界洞察入微,擅长刻画人的内心深处。男人的嫉妒心是对女人的占有欲、征服欲的体现。夏目漱石意识到男女关系构造的扭曲,通过对男人的嫉妒心引发的恶果的描写,对男性原理提出了质疑,并否定男性中心主义思想下对男性躯体修辞的美化。

在夏目漱石的笔下,男性有嫉妒心并不是男性世界的孤立现象,而是建立在与女性互动的基础上的。三段故事里男人的嫉妒心均是因女性而产生，嫉妒暴露出男性的占有欲、利己、残忍等男性人性中丑陋的一面，嫉妒是导致人类堕落的恶因，所带来的恶果显而易见。文学作品描写男人的嫉妒心，往往不能成为学术界评论的中心话题，因为通常女性的嫉妒心占据了中心话题，而男性的嫉妒心是边缘话题。但我们认为，将深藏于男人心灵最阴暗角落的嫉妒心挖掘出来的描写方式，是对女性灵与肉的社会体现的烘托，男性身上体现出的"嫉妒"这一女性气质冲击了传统男性的形象，动摇男性躯体修辞学的传统代码，这正是夏目漱石独特的高超的女性描写手段。

第二章

有岛武郎文学中女性诉求的艰难抉择

——少女与人妻的灵魂碰撞

有岛武郎（1878—1923）是日本白桦派的代表作家之一，在大正文坛占有重要地位。1910年，他加入白桦派，先后发表了《诞生的烦恼》《阿末之死》《一个宣言》《迷路》等多部作品，其活跃的表现令他很快成为白桦派的中心人物。1919年，《一个女人》问世，这是有岛武郎唯一的长篇小说。该作品创作历经九年，几乎涵盖了有岛武郎的整个作家生涯，可以说是他的集大成之作。《一个女人》刻画了一位以"性"为武器，勇于抗衡封建礼教，大胆追求幸福的新女性形象，但该女性最终未能摆脱社会的桎梏。

迄今为止，国内外文学界以《一个女人》为中心展开的有关有岛武郎的研究不胜枚举，角度涉及方方面面，如以《一个女人》的女主人公叶子的人物形象为出发点，剖析有岛武郎的女性观、宗教观、生命哲学观等。然而，这些研究大多局限在女主人公叶子一人身上，对有岛武郎其他作品中的女性形象尚未开展进一步的研究。

纵观有岛武郎的创作生涯，其文学作品中的女性形象其实在不断发生改变。1916年，有岛武郎正式步入作家生涯，并于同年发表了短篇小说《法兰西少女》。该作品中天真无邪的少女法兰西是有岛武郎心中的"永远少女"。翌年，有岛武郎发表了短篇小说《克拉拉的出家》，在该小说中他刻画了一位拥有过剩性欲的圣洁少女形象。此后，在有岛武郎的半自传体小说《迷路》中首次出现了玩弄男性的娼妇形象。在1918年发表的书信体小说《石头下的杂草》中，他以第一人称视角刻画了一位娼妇型人妻M子。最后，他在《一个女人》中刻画了叶子的形象。由此，可以大致将有岛武郎文学中的女性形象分为"少女"和"人妻"两种。随着有岛武郎文学中截然不同的女性角色的登场，这表明有岛武郎的心境在不断发生改变。

一、《法兰西少女》中天真烂漫的少女形象

1916年，《法兰西少女》问世。这是有岛武郎根据自己亲身经历所创作的短篇小说。有岛武郎在美国留学时结识了亚瑟·克劳威尔一家，法兰西便是亚瑟13岁的妹妹。有岛武郎曾经三次拜访亚瑟一家，他便以这三次会面为基础，创作了小说《法兰西少女》，在小说中塑造了一位天真烂漫的少女。在三次会面中，少女法兰西在悄然改变。通过解析"我"观察到的少女法兰西的变化，可以展现女性从稚嫩到成熟的变化过程。

1. 天真烂漫的少女

（1）少女的微笑

小说名为《法兰西少女》，但除了"一头普通的栗色头发"[1]，关于法兰西外貌的描写寥寥无几，反而对其"微笑"浓墨重彩地进行了渲染。在"我"与法兰西初遇之际，有岛武郎也只描绘了她的笑容。她"静静地带着微笑站立着……沉默着微微地摇了摇头，蕴含着羞涩，注视着我的双眸，一动也不动"[2]。也就是这一瞬间，"我"深深地爱上了法兰西。此后，有关法兰西微笑的描述也层出不穷。"早晨的寒气冻红了她的脸，洁白的牙齿好像忘却了羞涩似的从'微笑的门口'美丽地显露出来。"[3]

---

[1] ［日］有岛武郎. 诞生的苦恼［M］. 谭晶华，译. 上海：上海译文出版社，2012：140.

[2] ［日］有岛武郎. 诞生的苦恼［M］. 谭晶华，译. 上海：上海译文出版社，2012：139-140.

[3] ［日］有岛武郎. 诞生的苦恼［M］. 谭晶华，译. 上海：上海译文出版社，2012：141.

"法妮（法兰西的爱称）笑着抬起头看了看我，她将充溢着情愫的微笑自然地献给了我。"[1]在"我"还未进入房间前，便听到从后院传来的"嘻嘻哈哈的笑声……忽然，一株压弯了的蔷薇花摇动了起来，我凝神一看，那儿露出了法兰西的脸庞，她正和蔷薇花一起微笑着呢"[2]。

法妮的笑容宛如盛夏的蔷薇般明媚、烂漫且肆意。哪怕在面对从城里来的贵客时，法妮也是毫不掩饰地表达自己最真实的情感。当她发现自己摘下来准备送给父亲的玫瑰被客人夺走时，她大叫着要求客人归还。都市贵客并没有因法妮受到触动，反而故作大方地原谅了法妮的无礼之举，若无其事地继续与法妮的父亲攀谈。法妮父亲的刻意嗔怒、都市贵客的故作姿态，与毫不掩饰、肆意抒怀的法妮形成了鲜明的对比。

法妮不施粉黛的可爱姿态和烂漫无邪的纯真笑容是久居都市之人难以企及之物，也是少女最难得的可贵之处。有岛武郎曾在日记中坦言，法妮是自己余生的白玫瑰，她让自己远离不洁，是自己生命中真正的天使。由此可见有岛武郎对法妮的喜爱。然而，作为有岛家的长子，有岛武郎从小受到严格的管教，自9岁进入学习院预备科以来，整个青春时代从未接触过女子。一直以来都循规蹈矩、正己守道的有岛武郎创作出如此充满生命力的、天真烂漫的少女形象，可以说是对自己青春时代的一种补偿。

(2) 少女的嬉闹

第二次拜访法妮一家时，她仍然是一副天真烂漫的小女孩模样。她调皮地将"我"引进果园，眨巴着童真的大眼睛企图对"我"玩恶作剧。深深迷恋着法妮的"我"毫不犹豫地配合她的玩闹，昂首阔步向她走去。"突然，一种无法遏止的冲动驱使着我，我朝正往森林逃去的法妮扑去，从她身后紧紧地抱住了她，此刻，我犹如希腊神话中的酒神。法妮笑得抽

---

[1] [日] 有岛武郎. 诞生的苦恼 [M]. 谭晶华，译. 上海：上海译文出版社，2012：141.
[2] [日] 有岛武郎. 诞生的苦恼 [M]. 谭晶华，译. 上海：上海译文出版社，2012：142-143.

动着身子，像是倒入酒杯中的香槟酒那样欢快跳跃。"[1]

上文中的"酒神"被喻为享乐之神，是希腊神话中掌管葡萄酒的神仙狄俄尼索斯。他既优雅又冲动，既清澈又肮脏，既让人酣畅淋漓又让人饱受折磨，是一个极其矛盾的存在。"我"没能抑制住自己原始的冲动扑向法妮，但又猛觉羞怯，颤抖着松开了她。"我"的举动是作者有岛武郎对少女执念的具象化体现。然而，法妮作为被"袭击"的对象，却"仍然毫不介意地不停地笑着，挥动着双手好似跳舞时一般"[2]。作品中，有岛武郎使用了"宁芙"一词来形容法妮。宁芙是希腊神话中出没在山川、森林、洞穴中的下级女神，常以年轻貌美的女性形象出现，也被称为"水仙子"。对于当时的法妮而言，这无非是一场孩童间的玩闹。她认为这只是"我"报复她恶作剧的手段，根本没有留意"我"的性冲动行为。有岛武郎将"我"视作放纵享乐的酒神，将法妮描述为面容姣好的女神宁芙，相较之下，更凸显法妮的纯真无邪。

有岛武郎曾在日记中表示，自己对8—15岁的女童有着近似癫狂的"少女偏爱"。这是由于有岛武郎6岁时曾得到一位美丽的女性教师的帮助，也就是从那时起，他心中埋下了一颗憧憬纯真、美好女性的种子。作品中，"我"对13岁的少女法兰西满是爱意与憧憬，又无法遏制地做出出格举动，恰好印证了有岛武郎对少女病态的、近乎癫狂的偏爱与执念。法妮不施粉黛的可爱姿态和大自然赋予的烂漫无邪的表情是少女独有的纯真与美好，这份纯真对有岛武郎有着致命的吸引力，法妮也因此成为有岛武郎心中的"永远少女"。

2."永远少女"造型的失败

（1）悄然改变的少女

"我"第三次拜访法妮一家时，纯真无邪的法妮开始悄然改变。在法

---

[1][日]有岛武郎. 诞生的苦恼[M]. 谭晶华, 译. 上海：上海译文出版社，2012：144.
[2][日]有岛武郎. 诞生的苦恼[M]. 谭晶华, 译. 上海：上海译文出版社，2012：145.

妮一家热情迎接"我"时，法妮却不见了踪影，过一会儿才姗姗来到我的跟前。

> ……她脸上微笑着漾着红晕，洁白的牙齿显露着，像是竭力在掩饰自己的羞涩，她和我紧紧地握手。
> "打扮得真漂亮啊！"
> 尽管她哥哥的这句俏皮话很平常，却已足以使法妮的心狂跳起来，她瞬间满面通红，嗔怒地瞪了哥哥一眼，便很快回到门口边去了，屋子里立刻爆发出一阵欢笑。法妮的眼睛里饱噙着晶莹的泪水。[1]

去年，法妮对"我"如酒神般的无礼之举毫不介意，反而赠"我"以孩童般天真的微笑。然而，今年一反常态，明明是非常熟络的客人，她却花了相当多的精力打扮自己，还因哥哥的一句俏皮话羞红了脸，连那双充满童真的大眼睛里竟也噙满了晶莹的泪花。此时的法妮活脱脱一副情愫被戳破的娇羞少女模样。

一年过去了，法妮开始变得成熟。初见法妮时，她的头发像美国印第安人那样分成两绺，到耳垂下剪齐，如今发丝修长，"齐齐梳成两个小辫，很像是浮士德的发型"[2]。去年夏天，法妮总是赤裸着双脚，毫无顾忌地在宾客面前跑跑跳跳，今年却再也不愿意让人看到她的光脚。并且"每当我握紧法妮手的时候，法妮总是不甘示弱地也握紧我的手，然而，今年……她怎么也不肯握紧我的手，而且她的手那样的冰冷"[3]。

有岛武郎在短篇小说《克拉拉的出家》中写道："做童女是看不到那哀怨的大眼睛的。"[4]而法妮的"那双眼睛又该怎么形容呢？在夏天明媚

---

[1] [日] 有岛武郎. 诞生的苦恼 [M]. 谭晶华, 译. 上海：上海译文出版社，2012：149-150.
[2] [日] 有岛武郎. 诞生的苦恼 [M]. 谭晶华, 译. 上海：上海译文出版社，2012：150.
[3] [日] 有岛武郎. 诞生的苦恼 [M]. 谭晶华, 译. 上海：上海译文出版社，2012：151.
[4] [日] 有岛武郎. 出生的苦闷 [M]. 董学昌, 译. 北京：中国文史出版社，2018：140.

的阳光照射下她的眼睛似乎在诉说着什么让她又惊又疑的事情"[1]。以往的法妮确实拥有这样一双充满童真的眼睛,对一切事物都充满着强烈的好奇心。如今这双眼睛里的童真却消失不见,甚至因为一句简单的玩笑话而噙满了泪水。从作者对法妮的种种刻画可以发现,法妮已然不是从前那个不加掩饰的淳朴少女模样了。

(2) 歇斯底里的法妮

让"我"真正意识到法妮发生巨变并促使"我"永远离开法妮是与她及卡罗琳比赛采花之际。在"我"休息时,听见了有人故意放轻脚步绕到身后的声音。"我"一抬头,只见法妮双颊绯红神采飞扬地站着。继而,她有些扭捏地坐下,一边从花篮中拈出一朵朵花,一边热切地告诉"我"这些花的名字。当介绍到耧斗菜是一种会变心的花时,法妮忽然一阵沉默,直勾勾地盯着"我"。

There's fennel for you, and columbines …[2]

突然,法妮狂热地哼唱起奥菲丽娅唱的小曲,并把耧斗菜扔给"我"。在法妮的脸上,"我"发现了迄今为止从未见到过的媚态。尽管法妮对此毫无意识,但"我"不由得感到不快。对"我"而言,法妮终于越过了女孩子的界线。面对这一自然规律,"我"感到一种不可名状的令人难堪的失望。这不仅仅体现在法妮媚态表情的出现和发狂行为上。"你不该把头发留得这样长,梳成这模样,还是过去那发型好些。"[3]对于法妮的发型,"我"也渴望指点一二。在"我"看来,法妮从发型、表情、性格均停留在童贞时代,保持那个天真无邪的样子才是最好的。

"我"对法妮的"指点"和对其成熟的失望可以窥见作者有岛武郎对

---

[1] [日] 有岛武郎. 诞生的苦恼 [M]. 谭晶华,译. 上海:上海译文出版社,2012:143 - 144.

[2] 英文,翻译成中文:那儿是献给您的茴香,还有耧斗菜……这是莎士比亚四大悲剧之一《哈姆雷特》一剧中父亲被杀后发疯的奥菲丽娅所唱之歌。

[3] [日] 有岛武郎. 诞生的苦恼 [M]. 谭晶华,译. 上海:上海译文出版社,2012:153.

少女法妮性成熟的厌恶和否定。对于受基督教影响长期禁欲的有岛武郎而言，法妮的性成熟实在令人羞怯且难以启齿。童贞时代的法妮是作者有岛武郎心中的"永远少女"，是如圣女般神圣不可侵犯的存在。然而，这样的女性形象只不过是为了满足男性内心的欲望和幻想，是违背自然发展规律的。法妮的媚态跃出了"永远少女"的轮廓，扰乱了孩童和大人的界限，同时也宣告了有岛武郎塑造的"永远少女"这一形象的崩坏。

二、《石头下的杂草》中红杏出墙的娼妇形象

短篇小说《石头下的杂草》发表于1918年。该小说以书信体的结构讲述了男主人"我"对红杏出墙的M子复仇的始末。根据魏宁格[1]的理论，"我"把M子定义为娼妇型女人。娼妇型的女人本身具有魅力，这种魅力在于她和其周围男性无处不在的相处之中。她们善于利用自身的妖艳和男人"妥善"周旋。我们将以此为切入点，探究"我"口中的M子的娼妇形象。

1. 男性视角下的妖艳的M子

（1）魅惑人心的黑发

在"我"给加藤的信中曾多次提到M子的富有诱人魔力的秀发。第一次与M子独处时，她正费劲儿地尝试将被铁丝钩住的头发取出来。见到"我"来，她便毫不客气地轻轻握住"我"的手往刘海那儿送。年仅20岁的"我"第一次触摸到年轻女性的发丝，那凉丝丝的触感、无与伦比的弹性和难以形容的松软让"我"心旌飘摇，骤然产生想要紧紧抓住M子头发的念头。"我"没能成功解开M子的头发，她却顺势拿起手边的西式大裁缝剪刀，咔嚓一声无情地将其剪断。"零散在她忧郁的眉毛间的一束头发很性感，自然地增加了她几分魅力，暗示着她温文尔雅后面隐藏着

---

[1] 魏宁格（Otto Weininger，1880—1903），奥地利哲学家，代表作有《性与性格》。他将女性分为"民妇型"和"娼妇型"两种类型。

的放荡不羁。"[1]M子凭借她巧妙的手段，将"我"拉到咫尺之近，隆起的胸部有意无意地与"我"的身体若即若离，呵出的热气也不时地从"我"的颈边散去。"我"已然喝下了M子的迷魂汤。

"我凝视着M子，亢奋起来，一边用汗油濡湿的手上下左右地摩挲着自己的脸，一边随着手的移动领略着沾在手上的M子的头发发出的香味。"[2]就连擦净手后，M子刘海的香气也仍久久弥漫在"我"的鼻尖。初见M子时，"我"还觉得她那富有诱人魔力的日式发髻似乎有些发臭。仅仅独处了一会儿，M子的头发竟散发出香味，"我"对M子头发的看法明显充满着矛盾。在上野千鹤子的《厌女》一书中，森冈正博回答了他作为男性为何会对超短裙产生欲望这一问题。他坦率地承认了自己对超短裙的恋物癖欲望，并称"无论超短裙穿在谁的身上，男人还是女人，即便知道对方其实是男人，还是会对超短裙这个符号发情。恋物癖是一种通过换喻关系置换欲望对象的符号操作"[3]。在这种情况下，M子的头发或许和"超短裙"有着同样的效果，她的黑发是"我"男性视角下的性幻想的一个符号。而M子则反其道而行之，巧妙利用男性对自己的性幻想去诱惑男性，以满足自己的性欲。由此M子的"娼妇型"特征可初见端倪。

（2）诱人的红唇

如果将M子的头发视作男性视角下对女性性幻想的符号，那么M子诱人的红唇更具代表性。

为了和M子成婚，"我"留洋三年，M子却在此期间移情于加藤。时隔三年再次见到M子时，她愈发丰盈和妖娆。"她稍稍胖了一点，但仍不失为身材颀长，既年轻又成熟，宛如陈年的葡萄酒那样彤红、芳醇，对于曾经满意地痛饮过这美酒的我来说，眼前的诱惑力该有多大！那专供人吸吻的殷红的嘴唇近在咫尺，要是当时没你在一旁待着，我一定不会以心去

---

[1]〔日〕有岛武郎. 诞生的苦恼［M］. 谭晶华，译. 上海：上海译文出版社，2012：79.
[2]〔日〕有岛武郎. 诞生的苦恼［M］. 谭晶华，译. 上海：上海译文出版社，2012：77-78.
[3]〔日〕上野千鹤子. 女ぎらい［M］. 東京：朝日文庫，2018：12-13.

支配眼，而要用眼来满足心了。"[1]在"我"眼中，28岁的M子充满了成人妻子的魅力。"我"将M子比作痛饮过的美酒，将她殷红的嘴唇奉为专供人吸吻之用。在日常生活中，嘴唇作为身体的器官之一，常与牙齿、口腔配合以作进食、沟通、演奏和亲吻之用。"我"采用"供人吸吻"一词描绘M子的嘴唇，强调其在男女关系中的性作用。对于男性的"我"来说，女性及其身体的某些部位仅仅是满足男人性欲的工具。不仅如此，小说中还提到M子那大而平常的眼睛、讨人喜欢的极富感情的鼻子，依偎在"我"肩头时露出的丰腴且白皙的颈项和使人情摇意夺的甜美的声音等，这些女性身体符号无一不引起"我"对M子强烈的性幻想。

在男性优位的社会背景下，这样的男女关系十分常见。然而，M子并非传统的贤妻良母型女性。尽管大正民主自由之风盛行，但日本的传统观念也依然存续。M子对传统的贞洁观念不以为然，她大胆追求本能的欲望，利用自身优渥的外形条件，与不同男性保持着肉体关系。"M子的过失连同不怀好意、不洁的操守都诱惑着我。"[2]从表面上看，M子处于被男性凝视的困境中，实际上她早已巧妙地跳脱出来，利用自己的身体诱惑男人，引发男人的欲望，使他们陷入自己的圈套之中。

2. 在男女交往中占据主动的M子

（1）萌芽——恋爱游戏里的欲擒故纵

M子恋爱技术高超，这在纸牌会上早已初现端倪。她答应和B先生一较高下，在大家翘首以盼之际却忽然开口请大家稍事等待。她向"我"求助时，轻快、调皮的语调中又带着魅惑，在黑暗中握住"我"的手，与"我"咫尺之近，却又在被解救后自顾自地向前走。当"我"以为被冷落时，她又驻足，明媚地请求胜利的祝愿，却在获胜后把"我"抛之脑后。在与"我"结伴回家时，她娇滴滴地向"我"诉说比赛的经过，在与

---

[1] [日]有岛武郎. 诞生的苦恼[M]. 谭晶华，译. 上海：上海译文出版社，2012：95.
[2] [日]有岛武郎. 诞生的苦恼[M]. 谭晶华，译. 上海：上海译文出版社，2012：98.

"我"分别时又表现出令人不知所措的热情……如此种种,"我"被M子欲擒故纵的手段弄得神魂颠倒,竟一发不可收地迷恋上了她。

然而,当时年仅20岁的"我"执拗又怯懦,对M子魂牵梦萦却又不敢主动出击。最终这段关系里的主动者却是M子。在某天傍晚,"我"收到了一位酷似M子的女性扔来的一张仅写有一个英文字母"N"的纸条。紧接着第二天,又收到了一张写有字母"O"的纸条。在"我"意识到自己可能被M子拒绝而痛苦不已时,第三天清晨,一张带有字母"I"的小纸条又再次落入院内。如释重负的"我"开始殷切地期待纸条的到来。整整一周后,才终于拼出一句完整的话:COME TO 涩谷 STATION THIS NOON。

在每日几乎相同的位置上出现写有英文字母的小纸条,同时为了使纸条准确地掉在"我"的院内,而在纸条的一端钉上图钉,这样有组织、有计划的行动绝非一场意外。先用"NO"恐吓一下,而后再激起兴奋,这拙劣的伎俩和可笑的手法非M子莫属,她就是这样一位会制造浪漫情调的女人。在给加藤的信中,"我"说道:"由于自己的幼稚,我竟把M子错当成怀有天使般心灵的女人。"〔1〕这些自我免责的话语反而更加凸显M子在男女交往中战略性的一面。在与男性的交往中,M子深谙逗引男人艳羡并燃起其嫉妒之妙法,并以此作为控制男人的手段。在与"我"交往时,M子把她一次次回绝求爱者的详情告诉"我",以博得"我"的欢心,又在和加藤出轨期间,十分夸张地向他叙述"我"和她之间的甜蜜瞬间,以引起加藤的嫉妒。

M子逗引"我"的另一个有力证明是她姗姗来迟的告白信。自从在涩谷与她会面后,我一直没有她的音讯。就像猫捉弄老鼠那样,完全堕入情网的"我"几乎被折磨了整整一个月之后,终于等来了她"想要作为姐弟热烈纯洁地交往"〔2〕的消息。

---

〔1〕 [日] 有岛武郎. 诞生的苦恼 [M]. 谭晶华, 译. 上海: 上海译文出版社, 2012: 85.
〔2〕 [日] 有岛武郎. 诞生的苦恼 [M]. 谭晶华, 译. 上海: 上海译文出版社, 2012: 85.

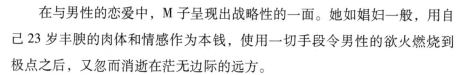

在与男性的恋爱中，M 子呈现出战略性的一面。她如娼妇一般，用自己 23 岁丰腴的肉体和情感作为本钱，使用一切手段令男性的欲火燃烧到极点之后，又忽而消逝在茫无边际的远方。

(2) 升华——婚姻牢笼里的水性杨花

在与"我"恋爱期间，M 子的恋爱技巧仅仅用在"我"一人身上。步入婚姻后，耐不住寂寞的 M 子开始对多名男性展开了攻势。

先是加藤君，此后，M 子的嗜好又"从莘莘学子转到漂亮的少年身上"[1]，最后甚至连"我"家的客厅也变成了艺术爱好者们的沙龙场所。虽然 M 子曾一度斩断了和加藤的联系，却在与"我"结婚后再次偷尝禁果。发现真相的"我"陷入了痛苦之中，并决心向 M 子复仇——让她受到自己旺盛性欲的反噬。"我"戴上绅士的假面，巧妙地煽动 M 子的情欲，让她过上极尽奢靡的生活，并创造机会让她进行更多的撒谎练习。趁"我"短暂离开之际，M 子常常顶风作案，和加藤软语呢喃、暗送秋波。

与此同时，一旦"我"发现 M 子与某个美少年幽会，"我"便巧妙地将这一消息告诉加藤，又若无其事地邀请他到家里吃饭。凭借情人的敏锐，M 子马上就会注意到加藤的不悦，从而用"比以往更娇媚的甜言蜜语"来讨好加藤。"M 子这个二十九岁的淫荡女人不加节制、完全解放的情欲到什么程度呢？反正由于它而刺激到整夜不睡，这已经不是什么稀罕的事。她常常在床上辗转反侧，像歇斯底里患者一样莫名其妙地哭泣，最后往往自己恐吓自己再向我求救。"[2]

奢侈的生活、精神的衰竭、各种淫邪的盘算和虚伪的俗套愈演愈烈。她身体里流淌着满腔激荡的血，她穿梭于多名男性之间，与他们发生关系。这一事实表明步入婚姻生活中的 M 子在与男性交往中具有主动性。

总而言之，M 子虽然作为被男性凝视的客体，却也享受着被男性注目的乐趣。她巧妙利用这一现状，通过自身优渥的外形条件和逗引男人的技

―――――――
[1] [日] 有岛武郎. 诞生的苦恼 [M]. 谭晶华，译. 上海：上海译文出版社，2012：119.
[2] [日] 有岛武郎. 诞生的苦恼 [M]. 谭晶华，译. 上海：上海译文出版社，2012：121.

法主动魅惑男性,达到从"被凝视的客体"到"行动的主体"的转变。

三、《法兰西少女》与《石头下的杂草》中的矛盾集合体

1."人妻的童心"与"少女的媚态"

在《石头下的杂草》中,"我"与 M 子波澜起伏的婚姻生活中也曾有过一段平静祥和的时光。整理好与加藤的混乱关系后,M 子脱胎换骨般地从出色的"娼妇型"人妻变成了老练的"民妇型"家庭主妇。她"节俭持家,不好广交朋友,一有空就悉心于炊事和缝纫,一心一意地只顾酝酿着家庭的和睦与快乐"[1]。在一个夏日的午后,"我"竟在这样的 M 子的睡颜中看到了少女的稚嫩和单纯。

> 她的手指,宛如母亲刚从膝盖上放下的童女一般可爱地弯曲着,一双美得似乎是雕塑成的赤脚上穿着土耳其式的拖鞋,被汗水粘在前额上的卷曲的头发也是天真无邪的,甚至那赤脚穿着的拖鞋奇怪地斜挂在脚上的模样也使我奇妙地感到那是显露着幼稚和单纯。[2]

从 M 子安详的睡相怎么也看不到她 29 岁的年龄和当年糜烂的生活所带来的痕迹。相反,M 子的指尖如少女般可爱地垂着,美得仿佛如雕刻般的赤裸的双脚随意地斜亸着,就连被汗水浸湿而粘在额头上的头发也给人一种不加修饰的、纯真无邪的美。这样的 M 子使"我"内心也变得圣洁。在发现 M 子纯真的一面后,"我"为自己的猜忌向她道歉。M 子也异常感动,更加兢兢业业地承担了家里繁杂的琐事。

有岛武郎在写给石板养平的信中说道:"你是否承认女性是男性的奴隶这一事实呢?一切都被男性夺走的女人为了得到男性的认可,就必须出卖唯一宝贵的贞操。然而,这种不自然的妥协在女性的本能中逐渐产生为对男性的憎恶。男女的斗争便开始了。与此同时,女性也无法放弃女性的

---

〔1〕[日]有岛武郎. 诞生的苦恼[M]. 谭晶华,译. 上海:上海译文出版社,2012:101.
〔2〕[日]有岛武郎. 诞生的苦恼[M]. 谭晶华,译. 上海:上海译文出版社,2012:103.

本能，那就是对男人的纯真的爱。这两种相互矛盾的本能便造成了当今女性悲惨的命运。"[1]M子便是一个典型的例子。结婚前，她是一名地地道道的"娼妇型"女人，用尽一切手段魅惑男性。结婚后，由于对"我"的纯真爱意和歉意，M子摇身一变成为一名贤惠、干练的家庭主妇，由此可见贤妻良母状态下的M子意识到自己淫乱的过往从而对"我"产生愧疚和做出补偿。尽管M子作为贤妻良母的时间十分短暂，但也不可忽视她如少女般纯真的一面。

在《法兰西少女》中，法妮也不仅仅是天真烂漫的小女孩。小说的最后，法兰西如同发狂的奥菲丽娅般一边狂热地哼唱着小曲，一边把楼斗菜扔给"我"。这个情节来源于莎士比亚笔下四大悲剧之一的《哈姆雷特》。在这幕戏剧中，哈姆雷特向奥菲丽娅表白，"美丽能使纯洁变为淫荡"[2]。纯真的少女法妮不断成熟，性意识也不断觉醒，虽然没有发展到淫荡的地步，但她那双童真的大眼睛里也开始充满媚态。

人妻的童心和少女的媚态这一相互对立的特质出现在同一人物身上，这样的矛盾构造似乎在有岛武郎的文学里屡见不鲜。少女法妮的媚态和人妻M子的童真是有岛武郎内心矛盾的具象化。作为人道主义作家，有岛武郎尊崇个性至上，赞赏并鼓励人的自我发展。然而，由于社会观念还未完全转变，这种意识又与有岛武郎从小被灌输的基督教禁欲思想背道而驰。有岛武郎将这种矛盾体现在文学作品中，也因此创作出了独特的、集"少女"和"娼妇"特征于一身的女性形象。

2."女性的爱欲"与"男性的禁欲"

在小说《法兰西少女》的结尾，法妮哼起奥菲丽娅唱的小曲，把楼斗菜扔给"我"。她狂热的精神状态虽谈不上歇斯底里，但从其举动可以看出，随着法妮年龄的增长，她的性意识也开始觉醒。女性的生理本能促使

---

[1] [日] 本多秋五. 有岛武郎論. 現代日本文学大系第35卷 [M]. 東京：築摩書房，1970：413.

[2] [英] 莎士比亚. 哈姆雷特 [M]. 朱生豪，译. 北京：中国文史出版社，2013：20.

她对异性产生好感，于是，对于自己的情感从来不加掩饰的法妮开始向"我"大胆示爱，这彰显了法妮的爱欲本能。

　　本多秋五曾评价作者"有岛一生都处于担心自己是不是一名卑怯者、一个胆小鬼和一位伪君子的忧虑之中"[1]。有岛武郎的矛盾思想和禁欲主义也对小说中的男主人公的塑造产生了影响。在法妮面前，"我"一直非常克制，竭力展示自己彬彬有礼的都市绅士形象。虽然"我"曾有一次没有遏制住自己的冲动行为，但在恢复意识的一瞬间便立刻松开了被禁锢在自己怀里的法妮，并对自己的行为感到羞愧万分。并且，无论"我"多么憧憬纯洁的法妮，也从未想过将她占为己有，甚至在发现法妮少女形象崩坏之际，也只是感到失望，如懦夫般默默逃离。

　　女性的爱欲和男性的禁欲这一二元对立的构造也存在于《石头下的杂草》中。M子是擅长玩弄男人感情的"娼妇型"人妻，是爱欲的化身。在与"我"的恋爱游戏中深感亢奋的M子与"我"步入婚姻之后，由于"妻子"这一新身份带来的责任感，她也曾短暂地成为一名贤妻良母。但游戏本能促使M子的生理本能复苏，她落入情欲的陷阱中，一边表面上维持着和"我"的婚姻关系，一边又疯狂地在与加藤及多名美少年的丑恶关系中越陷越深。与爱欲的M子相比，"我"行事小心谨慎，无可责难，活脱脱一副温文儒雅的禁欲的绅士形象。

　　总而言之，小说《法兰西少女》和《石头下的杂草》中的两位女主人公最后都陷入了狂热的精神状态，是一种具象化表现。而两部作品中出现的男主人公最终都处于逃离女性、报复女性的消极立场，一定程度上表现了男主人公克制、隐忍的禁欲形象。

---

[1] ［日］本多秋五. 有岛武郎論. 現代日本文学大系第35卷 [M]. 東京：築摩書房，1970：402.

四、有岛武郎文学中女性形象的艰难抉择

1. 从"少女憧憬"到"娼妇憧憬"

1916 年,《法兰西少女》小说发表。在此小说中,有岛武郎塑造了一个天真无邪的少女形象。少女法妮那不加修饰的可爱模样和天真无邪的表情展现出大自然赋予她的最原始的生命力。然而,随着法妮的成熟,她的生理欲望逐渐唤醒,并在无意识间向异性展露出魅惑的表情。

在两年后发表的《石头下的杂草》中,有岛武郎又刻画了一位与少女法兰西截然不同的妖艳的人妻 M 子。她善于利用自己丰腴的肉体诱惑男性,并凭借勾人的技巧,巧妙地周旋在多名男性之间。

短短两年时间,有岛武郎所创作的女性形象便迥然不同,这与他的后天经历息息相关。由于有岛武郎就读于男校,他的整个青春时代鲜有接触女性的机会,加之又受到家庭的压迫和基督教教义的束缚,他积攒了比常人更加强烈的性欲。1903 年,有岛武郎赴美留学之后才算真正获得了一些自由。他也在此时结识了法妮一家。作为青春时代的代偿,13 岁的纯真无邪的法妮也因此成为有岛武郎步入创作生涯的第一位憧憬的对象。翌年,他又创作出《克拉拉的出家》,在该小说中他刻画了一个因旺盛性欲而苦恼的圣女形象。此后,有岛武郎接触到以托尔斯泰、易卜生、惠特曼等为代表的西方自由主义文学思想,对基督教产生了怀疑。从此,有岛武郎开始关注自我内心的欲望,追求个人主义。以从友人中村白叶听到的复仇故事为原型,有岛武郎将长期被压抑而无法得到释放的内心欲望诉诸文学,创作出了《一个女人》的实验之作——《石头下的杂草》。在该小说中,他塑造了一个追求肉体欢愉以满足自己欲望的妖艳人妻形象,完成了从"少女憧憬"到"人妻憧憬"的初步转变。

2. 走向"死亡"之路

值得注意的是,有岛武郎所创作的少女和人妻并非传统意义上泾渭分明的形象。由于幼时受到父亲极端严苛的斯巴达式教育、祖母潜移默化的

"一心"与"克己"的基督教禁欲主义的影响,加之留学后接触到的西方自由主义文学思想,有岛武郎成长为极其矛盾的男人。因此,他笔下的人物形象也常常带有矛盾的底色。正如前文所述,无论是少女法妮,还是人妻M子,均是纯真和媚态这一矛盾的结合体。当少女的纯真与人妻的魅惑并存于同一个人物身上时,这样的描写方式虽然可以使人物形象更加立体,但其矛盾的基调终究奠定了女主人公不如人意的结局。而作品中的男性在意识到她们的复杂性之后,有的男人从亲近她们到远离她们,有的男人从怨恨她们到自责,他们的态度均发生了翻天覆地的变化。

1907年,在有岛武郎留学归国的船上,他也曾感叹自己内心的矛盾。"我有时很单纯,有时又变得不洁。有时具有强烈的同情心,有时又变成了一个可笑的利己主义者。"[1]尽管大正时代民主自由之风盛行,但人们心中信奉至今的某些旧观念仍然根深蒂固。在男性本位的社会背景下,"男性的好色被肯定,而女性则以对性的无知纯洁为善"[2]。法妮的举动越过了女孩的界限,造成了与"我"的永远诀别这一惩罚。而对女性贞操毫不在意的人妻M子最终也被自己的情欲反噬,陷入了歇斯底里的状态。

这样的历史背景加上创作者摇摆不定的态度,他们笔下勇于追求内心欲望,试图实现本能生活的女性必然会迎来悲惨的结局,而她们的结局也折射出有岛武郎的矛盾思想。有岛武郎本人也是个受到民主自由之风、基督教等多种思想影响的矛盾集合体,他究其一生也没能在"灵"与"肉"的矛盾之中找到答案,陷入迷茫的他最终选择与情人波多野秋子殉情,结束了自己纠葛的一生。

在《法兰西少女》和《石头下的杂草》两部作品中,有岛武郎塑造的女性人物形象均具备这一矛盾特征。无论是"少女的媚态"所反映的女性的爱欲,还是"人妻的童心"所暗示的禁欲,有岛武郎笔下这一并非泾渭分明的"少女形象"和"娼妇形象",折射出创作者内心的矛盾与纠

---

[1] [日] 有岛武郎. 有岛武郎全集 第十一卷 [M]. 東京:筑摩書房,1980:334.
[2] [日] 上野千鶴子. 厌女 [M]. 王兰,译. 上海:光启书局,2023:63.

葛，也反映了有岛武郎对其文学作品中的女性形象的艰难抉择。

有岛武郎通过《法兰西少女》和《石头下的杂草》，分别刻画了"天真无邪的少女"和"妖艳魅惑的人妻"这两个相互矛盾的女性形象。尽管如此，两位女性均拥有自我意识。少女法妮的自我意识体现在她性意识觉醒后毫不掩饰地表达自己的爱意，人妻M子的自我意识则体现在她主动诱惑男性，与多名男交往，以满足自己肉欲。然而，当女性表现出爱欲特征时，两部作品中出场的男性都选择站在逃离女性、报复女性的消极立场上。

大正时期，民主自由的新风弥漫日本。作为白桦派的代表作家，有岛武郎一直尊重自我，主张个性解放，其文学中从"少女憧憬"到"人妻憧憬"这一女性形象塑造的转变便体现了这一特征。尽管明治维新为女性个性的解放提供了先决条件，但当时人们的固有观念还未完全改变。有岛武郎由于受到基督教禁欲思想的禁锢，一直陷入爱欲追求和自我禁欲的矛盾之中。有岛武郎思想的纠葛促使了其文学中女性形象的脱构，导致"少女"特质与"人妻"特质共存这一矛盾共同体的形成。

在有岛武郎的文学中，作家本人关于"灵"与"肉"的矛盾通过"女性的爱欲"和"男性的禁欲"得以充分体现。有岛武郎文学里的女性形象从"少女"到"人妻"的变化及男性主人公摇摆不定的态度，也从侧面反映出有岛武郎内心的纠葛，体现了有岛武郎对女性形象的艰难抉择。有岛武郎究其一生也没能在"追求本能"和"克制本能"的迷路中找到答案，最终只有无奈地走向死亡。

第三章

永井荷风的女性主体意识

——在徘徊中走向坚毅生命认知

永井荷风（1879—1959）是日本近代唯美主义的代表作家之一，在日本近代文坛占有重要地位。1902 年永井荷风发表了中篇小说《地狱之花》，由此在文坛上崭露头角。受左拉主义影响，永井荷风的前期作品自然主义色彩浓厚。1903 年到 1908 年，永井荷风赴国外留学，回国之后，基于留学的经历，他发表了《美国故事》和《法国故事》。

在"大逆事件"之后，永井荷风对日本社会同时也对自己深感失望，转而热衷于探寻江户风情，沉迷于艺伎、浮世绘等事物。此后，他便陆续创作了大量以艺伎为主角、以花街柳巷的生活为主题的作品。永井荷风借由这些作品抨击当时社会的同时，也揭示了近代社会底层女性生活的困境，从中可以窥见男性作家对女性的关心。

永井荷风创作题材的转变与他的成长经历、生活环境及人生态度密切相关。尽管作品所反映的思想意识并不等同于作家的内心世界，但是作品往往是作家内心世界的高度浓缩，也是作家情感在某种程度上的真实写照，作品中的人与事不可避免地与作家存在着千丝万缕的联系，是作家思想意识的投射或间接体现。纵观他的创作生涯，可以说，对女性的描写一直是他重要的创作主题。永井荷风喜好出入花街柳巷，有过两段短暂的婚姻，他与女性的交往经历对他的女性观产生了重要的影响。因为题材的原因，在这类作品中，性也成了一个不可避免的元素，但是他并没有对这些生活在底层被迫出卖身体的女性进行道德的审判，反而是将她们刻画得入木三分，让这些作品中的女性角色也成为独具个性的存在。

一、《竞艳》中的女性主体意识觉醒

1. 对婚姻生活的失望

《竞艳》中的驹代是尾花家的艺伎，她在很小的时候便失去母亲，又被后母虐待。至亲去世之后，她不得不独自面对生活。迫于生计她在14岁时便踏上了艺伎之路。19岁时她被来东京读书的乡下少爷相中并赎了身。驹代自知做艺伎并非长久之计，加之得到了对方会让她做正妻的承诺，便答应了婚事。驹代并非爱慕虚荣、贪图享乐的女人，她面对的是传统社会底层女性都会面临的困境。在女性群体中，尤其是妓女，她们作为社会底层女性，没有接受教育的机会，也没有可以谋生的一技之长，她们的生存方式主要是利用自身美貌换取对男性的依附，进而得到安稳的生活。驹代不求财富，只想要一个稳定的栖身之所，她自身对婚姻生活没有憧憬，对结婚的对象也没有期待。

结婚仅仅3年，丈夫便去世了。原本出身卑微的她失去了丈夫的庇佑，想要在这个家继续待下去并不是容易的事情。驹代和丈夫本就是不同阶层的人，她早就预料到婆家并不会轻易地接纳自己。加之她也不愿在乡下终其一生，于是她便毅然决定离开那里回到东京。

关于那三年的婚姻生活，小说中并没有直接的描述，但借着驹代自己的讲述，可以略窥一二。

> 一个极其遥远的地方……[1]
>
> 冷得不得了，真是令人厌恶的地方。我实在忘不了，竟然在那里熬了三年。
>
> 公婆都是挺有身价脸面的人，而且家里还有两个小叔子，老是被

---

[1] [日] 荷風小史. 腕くらべ；花柳小説 [M]. 東京：新橋堂，1918：28.

人说长道短，我孤身一人如何待得下去。[1]

回想做妾的那三年，驹代的言语中充满了不满。回到东京之后她才发现那里早已没有了自己的安身之所。驹代进退维谷，她深切地感受到了"一个孤身女人是多么可悲可怜"[2]。丈夫的死让驹代不得不独自面对今后的生活，这在一定程度上促进了她自我意识的觉醒。如今依靠丈夫安稳度过一生的愿望已经破灭，驹代意识到把自己的未来寄托在男性身上是靠不住的，于是她下定决心要掌握自己人生的决定权。

驹代想要成为独立的个体，试图打破女人只能依附于男人生活的社会秩序，由此可以窥见其自我意识的觉醒。虽然她还没有形成完全的主体意识，但是她已经能清楚地认识到独立的重要性，并想通过自己的收入来实现经济的独立，从而主宰自己的人生，这一点对于生活在社会底层、一直被压抑的女性而言可谓难能可贵。

2. 沉溺恋爱而迷失自我

驹代决定要实现独立，她意识到了首先必须做到经济上的独立。老相好吉冈再次见到驹代，惊叹于驹代的美貌不减当年，便提出以纳妾为前提为驹代赎身。驹代不愿再将今后的生活托付于男人手中，可是面对如今小有权势的吉冈，她不敢得罪，只有找借口拖延着。之前同为尾花屋的艺伎花助的一番话让正苦于被吉冈纠缠的驹代醍醐灌顶。两人得出了结论：与其依靠男人，不如开一家自己的店自力更生。这也使得驹代更加迫切地想要实现经济上的独立。当吉冈再次提出娶驹代的时候，她对独立的渴望战胜了对吉冈的畏惧，其表现出的主体意识让自以为是的吉冈惊诧不已。作为男性，吉冈在父权制社会中本就是支配者的存在，而且他在社会上已经拥有一定的地位和权力，早已习惯了女性对他的服从。他从来没想到驹代会这样拒绝自己，他所代表的父权制的权威在此刻受到了挑战。

---

[1] [日] 荷風小史. 腕くらべ：花柳小説 [M]. 東京：新橋堂，1918：24.
[2] [日] 荷風小史. 腕くらべ：花柳小説 [M]. 東京：新橋堂，1918：24.

女性的自我意识需要不断地丰富和完善，驹代的自我意识却在萌芽之后戛然而止了。因为驹代爱上了男演员濑川一丝，并且深陷其中。作为一名女性，其性别境遇决定了驹代不得不面对情感的考验。女性如果在人身关系上对男性存在依附性和依赖性，那么就注定了她们没有主宰自己命运的权利和能力。自我意识的觉醒更是无从谈起，自我价值也会处于被压制、贬低的状态。

抛开艺伎的身份，驹代是一个女人，陷入爱情无可厚非。许多传统文学作品习惯将卖身的女性塑造成无情的形象，她们以出卖自己的身体为生，她们的感情均与利益相关，她们不会追求纯洁的爱情。但驹代是一个例外，她不仅追求自身的独立，也勇敢追求爱情。这两者原本并不冲突，驹代恋爱悲剧的原因在于她太过依附于濑川。波伏娃在《第二性》中曾指出，在与男性的恋爱关系中不能作一个依附者，因为"盲目崇拜的爱情和退让的爱情是毁灭性的：它占据一切想法、每一时刻，它是纠缠不休的、专横的"[1]。驹代对濑川就是这样一种"痴迷"，对她而言，爱情已经超过了所有。濑川的一举一动左右着她的情绪，令她患得患失，害怕濑川和别的女人在一起。这种过度的依附使得驹代在感情中失去了自我，彻底成为被物化的"他者"。在与濑川的关系中，驹代是一个情感上的服从者。也正因为如此，驹代对濑川的花言巧语毫无抵抗力，也丧失了分辨的能力。她对濑川的迷恋甚至使她再次憧憬婚姻，这无异于再次把自己的未来托付给男人。驹代以为自己能跟濑川结为夫妻，长相厮守，但事实证明她对爱情的全身心的投入、孤注一掷的追求换来的是濑川无情的抛弃。濑川需要的是一个能带来利益的结婚对象，认识到这一点的驹代再次陷入了绝望。

3. 主体意识的再次觉醒

恋爱的失败令驹代颜面尽失，她未能实现经济独立，只有选择逃避现

---

[1] [法]西蒙娜·德·波伏瓦. 第二性Ⅱ：实际体验[M]. 郑克鲁，译. 上海：上海译文出版社，2011：559.

实。正当此时,老板娘十吉因病突然离世,丈夫吴山老爷打算让驹代接手尾花艺伎馆的决定,将驹代从绝望失意的状态中拯救了出来。吴山老爷在整理十吉留下的东西时得知驹代从小过着孤苦的生活。驹代身上坚强的品质让他决心激励失意的驹代。驹代也因此得以振作,并继承了尾花艺伎馆。从事卖春行业的女性大多难逃被人玩弄、抛弃的宿命。然而,在这种艰难的环境下,驹代却迈出了许多人难以跨越的一步,去反抗这样的命运。虽然她的主体意识仅仅处于觉醒状态,谋求独立的方法也不够明智,最终也未能完全突破男人主导的主流社会的框架,但她的行为依然难能可贵,值得称赞。

从结果来看,驹代在与吉冈、濑川的爱情较量中成为失败者,但她最后继承了尾花艺伎馆,从自立的立场来看她不算是完全的失败者。在历经爱情的失败之后,她放弃了依附于男人的想法,毅然选择了事业,这一选择意味着她自我的回归。驹代这一人物形象体现出了初具女性独立意识与依附男权的矛盾。一方面,她知道男人是靠不住的,女性必须要有自己的事业;另一方面,她的主体意识并未彻底形成,以至于面对爱情的考验时难以保持自我,容易将自己的身心全部献给所爱之人。但幸运的是,驹代最后选择了振作,她脆弱又坚强的形象跃然纸上。

二、《梅雨时节》中女性的主体建构

1. 追求肉体的快乐——君江

《梅雨时节》里的君江是点心店铺家的女儿,为了逃避家里人的催婚,她几次三番离家出走。她不想结婚,更不愿意与乡下人结婚。君江的逃婚意味着她不愿意过被别人安排好的生活,这预示着她开始有了自我意识。在男权社会,女性都难以逃脱嫁人做贤妻良母的宿命,而女性拒绝被别人安排的婚姻是一种不屈从的自我意识的体现,是对男权社会的反抗。不仅如此,君江对艺伎行业充满了兴趣。刚到东京时她借宿在艺伎朋友的家里，在她看来，朋友的"日子过得自由自在"[1]，她羡慕这样的生活，进而产生了入行的想法。但是办理从业手续需要通知家里人，无奈之下她只好在东京做起了咖啡店里的女招待。君江没有被传统思想规训，她不认为艺伎的工作低贱，从她为了逃婚而离家出走的行为及对艺伎这份工作的向往可以看出，君江追求的是一种自由、不受约束的生活。在男权制社会里，男性掌握着社会运作的主动权，政治、经济、文化、人际交往皆由男性操纵，君江不愿意被人安排，她在试图反抗这种操纵。

君江"容貌平平，并不出众"[2]，不具备外貌出众这一先决条件，性格更是与温良贤恭相悖，无论从哪个角度来看，君江这一人物形象均与男性的审美相背离。当时的社会现状和她从事的行业都要求女性充满魅力，并以此取悦男性，但是君江并不在意这些。不同于一起工作的其他女性，君江对于那些从事着光鲜亮丽职业的男性没有曲意逢迎。

尽管明治维新推动日本社会西化，明确了"一夫一妻"的婚姻制度，但传统观念的影响仍未消退，"贞操观"依旧作为单方面束缚女性的枷锁而存在。君江对传统的贞洁观念不以为然，从她向往艺伎开始，"贞操观"就不再左右她的思想和行为。君江所有的行为动机都旨在取悦自己，她与很多男性保持着肉体的关系，却不与他们建立恋爱关系。在君江看来，确定恋爱关系就会出现情敌，进而引发争风吃醋等诸多问题。她只享受肉体的快乐，不在乎对方是谁，因此她不会成为某个男性的专属物，她是自由独立的存在。表面上看似是男人在玩弄她，其实她也在玩弄着男人。君江依靠肉体的快乐来取悦自己，通过追求欲望的自由证明自身的独立性，从而改变在两性关系中的被动地位。同时君江用自己的身体诱发男人的欲望，从而不动声色地揭开男人虚伪的面具。

2. 投身社会的渴望——鹤子

鹤子在小说的后半部分登场，作为清冈的妻子，她在这段三角关系中

---

[1] [日] 永井荷风. 现代文学大系 17　永井荷風集 [M]. 東京：筑摩書房，1965：232.
[2] [日] 永井荷风. 现代文学大系 17　永井荷風集 [M]. 東京：筑摩書房，1965：235.

与君江处在对立的立场上，但是作者并没有把鹤子塑造成一个贤妻良母的形象。明治维新后一系列的变革带来了新的思想，但女性在社会中的地位依旧低下。当时，普遍存在一种观点，认为女性无能又无才，大多数女性也顺应着这一社会趋势。于是在这种情境下，女性基本上被剥夺了参与工作的机会，并逐步成为家中的玩偶和装饰品。尽管已婚的女性表面上似乎得到了稳定的生活保障，实际上在"男主外，女主内"的固有模式下，"无权参与丈夫生活主流（'外'）的妻子为了维护家庭"[1]，陷入为了防止丈夫有外遇而不得不费尽心机的悲惨命运之中。在男性本位的社会历史背景下，女性的个人价值被裹挟在家庭与婚姻之中，除了做一个贤妻良母，她们无处施展自己的才能。尽管鹤子出身优渥，受过良好的教育，但是她也逃脱不了困在婚姻和家庭中的命运——不但没有展示自己的兴趣爱好与修养的机会，反而因为被安排的婚姻而不得不压抑自己。长期压抑的生活使她趁丈夫不在的时候和清冈陷入了不伦之恋。

"在一个很长的时期里，婚约是在岳父和女婿之间而不是在妻子和丈夫之间签订的……"[2]女性无权选择自己的结婚对象，这是所有女性都面临的困境。鹤子虽然付出了代价，但是第一次成功地反抗了夫权。尽管和清冈的恋爱是不被世俗允许的，但是鹤子对理想爱情的追求也是对男权制下女性受到不公待遇的一次尝试性的反抗。

尽管和自己选择的对象在一起，但鹤子并没有过上理想的幸福生活。她再次扮演起了妻子的角色，文静、稳重，把家里收拾得井井有条。清冈因为偶然的机会而出人头地，之后便不思进取，沉迷享乐。看着心爱的人逐渐堕落，鹤子感到绝望，想要离开清冈，却一直没有勇气迈出那一步。恰逢学生时代的老师需要一位助手，鹤子意识到那是开启自己人生新篇章的机会，于是便与老师一起离开了日本。鹤子的抗争从心动变为行动，她

---

[1] 乐黛云. 中国女性意识的觉醒[J]. 文学自由谈，1991（3）：46.
[2] [法]西蒙娜·德·波伏瓦. 第二性Ⅱ：实际体险[M]. 郑克鲁，译. 上海：上海译文出版社. 2011：200.

想要一片属于自己的天地，继续自己学生时代的爱好，实现自己的价值。
"即使有障碍，她也会排除万难，按自己的意愿行事。"[1]

鹤子迫切地想要走出家门，她已经不甘心被束缚在婚姻之中，不愿再因为妻子的身份而压抑自己。这也意味着鹤子的主体意识已经成功构建。婚姻并不是女性能够获得幸福生活的保障，它甚至有可能是一个痛苦的牢笼。在女性主体意识觉醒后，鹤子的内心充满希望和勇气，对新生活充满向往。

区别于传统的贤妻良母，鹤子虽为清冈的妻子，但她并不是完全无底线地包容丈夫的所作所为。知道丈夫在外交往了不少女性，她也并没有受到男性规训的影响，对那些女性抱有敌意。她只是对清冈沉湎于已有的名利，从而不思进取、贪图享乐感到失望。对婚姻失去信心之后，鹤子没有消极地逆来顺受，没有选择通过忍让来维系婚姻，而是想办法改变自己的命运。婚前符合传统男性期待的她逐渐成长为追寻人生价值并极力构建女性主体意识的新女性。通过鹤子这一形象可以看出，永井荷风已经意识到女性完全可以独立，女性也有追求自我价值的权利，不必困于婚姻的牢笼之中。

三、《背阴之花》里的男女和谐关系

1. "性"的兴趣与生存方式间的平衡

《背阴之花》里的千代原本是一位女仆，在一次葬礼上做帮工时认识了重吉，随后两人便开始了同居。重吉在此之前靠着年长他20岁的寡妇种子养着，并不用为生计奔波。种子去世以后，重吉结识了千代，他又开始了依靠千代的生活。

千代没有固定的工作，加上被重吉寄生，贫困的生活迫使她急切地寻找生存之道，但她缺乏专业技能，难以找到合适的工作，最终走上了私娼

---

[1] [日] 永井荷風. 现代文学大系17 永井荷風集 [M]. 東京：筑摩書房，1965：258.

之路。受到传统观念的影响，千代认为自己做那份工作对不起丈夫，为自己做私娼谋生而感到羞耻。一方面她害怕重吉知道那事之后与自己分手，另一方面她又期待对方主动提出分手，这样的话自己的经济负担便可以减轻一些。千代矛盾的心理表明了她在潜意识里是具有自我意识的，但长期的规训使得她在意识形态上受到男性中心主义思想的渗透和侵蚀，一切以丈夫为重。尽管此时家庭的经济来源是千代，即使重吉什么也不做，在两人之间重吉还是处在支配的地位。

千代做私娼并不完全是出于对重吉的顺从，其中也有自己的原因。从年轻时候起她就很享受被男人倾慕的感觉，也为自己具备吸引男人的魅力而暗自感到高兴。她早就意识到自己内心对性的兴趣，只是苦于传统道德的约束，使她不敢直面自己的需求。"男人拥有的经济特权，他们的社会价值，婚姻的威望，得到一个男人支持的益处，这一切鼓励女人热烈地要取悦男人。"[1]在父权制社会的压迫之下，女性常常意识不到自己的本性，而是按照男性的规定生活。女性在性体验中从未占据主体地位，女性所做的更多是配合，而非基于自身体验的主动行为，女性的行为被要求随着男性的喜好和偏爱而改变，最后女性忽视自己的需求去迎合男性，从而丧失主体性的地位。

千代无法表达自身欲求带来的内心煎熬令，她决定向重吉坦白。两人坦诚地展开讨论了，他们之间的关系也发生了转变。听了千代分享自己当私娼的经历时，重吉第一次感受到自己的女人被其他男人所占有的喜悦。这种精神上的快感让他对千代产生依赖，于是他对千代的事业表示了认同与支持，千代也因为重吉的态度不再忧心忡忡。两人之间的关系达到了一种微妙的平衡，不再是完全的支配与被支配的关系，同时这也意味着作为丈夫的重吉在家庭关系中不再具有绝对的优势。

重吉的支持彻底解决了千代一直以来的不安，从此她便彻底放下羞耻

---

[1] [法] 西蒙娜·德·波伏瓦. 第二性Ⅰ：事实与神话 [M]. 郑克鲁，译. 上海：上海译文出版社，2011：196.

心与负罪感，遵从自己的兴趣去工作。对性不再有羞耻感，让她能够在一定程度上逆转二人的关系。她的身体完全从社会伦理道德的规训中脱离了出来，得到了彻底的解放。

千代为了赚钱去做私娼，起初她把自己当作物品，被动地工作着，之后意识到了内心的欲望。从接受真实的自己开始，她便不再消极被动，而是主动享受快乐。千代找回了性的主导权，并推翻了性关系中"男性主导，女性迎合"的传统定位。

2. 从缺少羞耻心到母性回归

千代一直享受着无羞耻心的生活，直到她看到了一则新闻。新闻里登载了被抓走的几个私娼的名字和住址。其中一个姑娘的名字叫"tami"，她回想起自己也有一个名字相似、年纪相仿的女儿。等不及确认，她下意识地把报纸上的那位姑娘当作自己的女儿，想到自己的女儿也在从事那个行业的时候，她产生了久违的愧疚和羞耻心。

千代并不是一位全身心为家庭奉献的贤妻良母型女性。从女儿的角度来看，千代甚至是一个缺乏责任心的母亲。千代年轻的时候喜欢玩乐，因此意外有了孩子。后来出去工作，孩子也没有带在身边，直到嫁给一位杂货商才把孩子接回。两人离婚之后，千代又把女儿送出去寄养。可以说母亲在女儿的成长过程中是缺席的，但是女儿的突然出现唤醒了她内心几乎快要消失的母性。在确认报纸上的女孩是自己的女儿之后，她毅然决定肩负起母亲的责任。此后，她不再为了单纯满足自己的欲望去工作，她想赶紧赚钱把女儿赎出来，然后和女儿生活在一起。

母性是女性人格的重要部分，极端地予以抹杀必然带来新的问题，因此不能武断地摒弃女性的自然属性。千代的"女性自我"引导其追求性的乐趣。而从千代放弃原有的生活方式，努力想救出女儿的急切心理中，我们也看到了千代母性的回归。千代并非为孩子付出所有的、无私的牺牲者的形象，从其身上可以看到身为女人的情感需求，也能感受到其作为母亲想要拯救女儿的责任。永井荷风并没有将其塑造成一个完美、伟大、无私的母亲形象。在重吉、千代和女儿组成的家庭里，千代宛若一家之主。没有收入的重吉给了千代充足的理由成为家庭的决裁者，在救出女儿一事上不容置喙的决断力也是千代一家之主地位的实际体现。女儿用"母亲的男朋友"称呼重吉，让重吉的家庭地位进一步弱化。千代与重吉的关系打破了"男主外，女主内"的传统性别分工，一个家庭顶梁柱的母亲形象油然而生。

四、永井荷风笔下的女性主体意识

1. 三部作品中的女性形象特征

永井荷风极其敏锐地捕捉到身处社会底层而同时又受到"第二性"身份双重迫害的妓女形象特征。通过对三部作品中女主人公的描绘，他呈现出了在困境中坚强求生的鲜活的女性形象。许多女性从外貌、精神、性格、地位等方面显示了与男权社会的抗争，她们不再以取悦男性为目的，企图摆脱"他者"地位，这折射出封建社会中女性主体意识的觉醒。

在三部作品里登场的女性人物的类型不同，女性实现自己需求的方法也具有各自的特点。她们追求的不只是物质上的东西，还有精神层面的东西（如自由、自我实现）。永井荷风借助对这些女性形象的描写揭露了女性自我实现过程中的艰辛，引起了人们对寻求自立的女性的关注，同时也能窥见作者对父权制的反抗态度。

在父权制社会中，女性受到"三从四德"的束缚，无法掌握自己的人生。驹代与鹤子经历了婚姻之后看透了婚姻的实质，拒绝让他人来掌握自己的人生。君江拒绝所谓的"父母之命，媒妁之言"而离家出走，只为自由活着。在将女儿送养之前，千代一直独自抚养她，女儿也不关心自己的父亲究竟是谁。对父权制的反抗与永井荷风自身的经历也有着密切的关系。永井荷风的父亲始终以封建家长的身份压制着他，支配着他的人生。在受到父权制压迫这一点上，永井荷风能与社会底层女性感同身受。但是女性同时还遭受着男性的压迫，这一点是身为男性作家的永井荷风难以切身体验的，这也造成了他笔下描写的女性带有一定的局限性。

2. 男性角色的塑造与女性主体意识

长期以来，受父权制等传统观念的影响，女性为了生存而依附于男性，男性承担家庭经济支出的情况普遍存在，因此，男性的地位高于女性的社会现实仍然在持续。然而，男性的优势地位也不会一成不变。如果意识到长久以来身为依附对象的男性的无能，女性对男性的信仰就会崩塌，从而促进自身的觉醒。因此，作品中男主人公的品行对女性的主体意识的构建也有着重要的影响。

在《竞艳》里，在勇敢追求爱情与独立的驹代面前，濑川自私且虚伪。作为男性，他在男权社会中应该处于优势地位，也拥有更多的资源。他对驹代并非没有感情，只是对他来说爱情并不是其生活的全部，权衡之下，他最后选择去依附更有钱的女性来完成自己对社会地位的追求。在面对驹代的质问时，他心虚地躲了起来，直到与君龙的婚礼前才出现。驹代的老相好吉冈也是一个势利的男人，从头到尾在意的都是自己的面子。之前交好的艺伎也都是出于利益的考虑，与她们之间没有感情可言。他对驹代的感情，与其说是爱情，不如说是对驹代的占有欲。可以说，他是父权制下的典型代表，在他眼里，女性不过是一件物品。在遭到驹代拒绝之后，他选择赞助与驹代同一家艺伎馆的菊千代自立门户，以此对驹代进行报复，可见他想要的是一个对其言听计从的玩偶。

《梅雨时节》里的清冈进是一个沽名钓誉之徒。由于对君江爱而不得，便背地里对君江展开报复。深受父权制社会思想的荼毒，他对女性的蔑视更是根深蒂固，说出"无论女性做什么，没有男性作为依靠是不行的"[1]的言论。之前的清冈勤奋好学、真诚坦率，一次偶然的机会，一跃成为广受欢迎的小说家，但之后被诱惑腐蚀，过上了纸醉金迷、花天酒地的生活，在创作上不思进取。在有限的才华被耗尽后，他便想靠投机来

---

[1] [日]永井荷風. つゆのあとさき [M]. 東京：中央公論社, 1931：32.

赚取财富。他对妻子鹤子的劝告置若罔闻，对家庭问题也是选择逃避，拒绝与鹤子沟通，致使鹤子在一次次的失望之后选择离开。

《背阴之花》里的重吉一直以来依靠女人的供养生存。主流社会中男性能够通过工作获得金钱和成功，而女性却不能。在这种情况下，女性依靠男性的收入来维持生活，便被认为扮演着寄生者的角色。而重吉放弃了传统社会中男性性别优势带来的方便与权力，选择寄生在女性身上，这无疑加重了女性谋生的难度。他并不缺乏谋生的手段，只是因为被种子包养的生活让他尝到了甜头，明知自己只是种子的男妾之一，但为了免于工作的奔波，他决定放弃自尊，安心做种子的男妾。为了让自己免于内疚，他不停地用入赘的例子来进行自我安慰，企图掩盖吃软饭的事实。种子去世之后，他又寄生在千代身上，嘴上说着想找份工作替千代分担，但是从来没有行动。他反而想方设法让千代去工作，理所应当地享受着千代带给他的经济利益。

这三部作品中均不存在值得称赞的正面形象的男性角色，某种程度上打破了男性自带的光环。这无疑为女性主体意识的觉醒及探索自身生存之路埋下了伏笔，也给作品中女性主体意识的形成创造了一定的可能性。

另外，拥有主流话语权的男性以令人失望的形象出现在作品中，一定程度上反映出当时社会的现状。明治维新之后，日本现代化进程的发展速度加快，价值和标准的世俗化改变了人们的生活方式与精神世界，人性中的美好被忽视，财产成为社会等级划分的标杆，利益至上的价值观也消磨了人们心中纯洁、真挚的情感。

"大逆事件"之后，荷风文学的批评指向由之前的针砭时弊明确转向彻底的逃避与妥协，此后的小说创作多围绕东京市区的风俗业，描写艺妓、女招待、私娼的人生境遇，使作品呈现出一种江户情调。但其反俗的精神并未彻底消除，他将自己对现代文明的批评巧妙地编排进叙事中，隐晦地表达了对伪善的现代文明的不满及对江户文明的赞赏和喜爱。

在永井荷风的三部作品中登场的主要女性大多生活在社会底层，从一开始便处于被压迫的境地，但是她们并没有默默地接受这种压迫，而是用各自的方法宣告女性主体意识的觉醒，构建女性的主体性，甚至颠覆传统的性别分工，创造出新型的家庭关系。然而，其中多数的女性人物构筑主体性的方式还停留在身体的享受，并没有触及精神层面的需求。身体的解放固然是一个方面，但是思想的觉醒才是女性探求独立自主之路的重中之重，遗憾的是这三部作品里涉及女性在思想上的觉醒描写相对较少。可以看出，永井荷风虽然对当时的社会现状进行了生动的描绘，但在女性生存出路的问题上不可避免地显现出了时代的局限性及身为男性作家看待女性问题的局限性。他在作品中为大众呈现出当时社会底层女性的生存状况，关心女性的社会地位与困境，也借由对掌握主流话语权的男性角色的塑造表达出了对当时社会现实的批判，却没有进行更深层次的剖析与思考，始终还是难以摆脱男权文化的影响。

第四章

芥川龙之介之女性言说

——女性生命意识与男权文化的博弈

芥川龙之介（1892—1927）作为日本大正时代的代表作家，其最引人注目的应是其以 148 篇之巨的小说揭示了近代日本的社会世相。芥川龙之介创作的文学显示出通过艺术对自然主义的、小市民的现实蕴藏的矛盾、对立加以扬弃的艺术主义倾向，确立了其大正文坛代表作家的地位。他以灰暗的现实为基调，描写出个性、人格等既存价值观无法支撑的人间世相，并认为这是植根于近代个人主义的艺术的一个必然归结。他的作品以通过艺术实现近代自我完整的艺术主义和个人主义为基调，在广泛摄取西方近代思想的基础上，实践了近代短篇小说多样化的可能性，芥川龙之介也因此在日本近代文学史上留下了浓墨重彩的一笔。

中日学术界对芥川龙之介的研究可谓经久不衰。关于芥川龙之介文学的研究主要有两个方面：一是文学性研究，二是透过文学文本的近代日本的社会世相研究。然而，在社会世相研究的成果中，鲜见有关芥川龙之介对女性言说的研究。芥川龙之介的女性言说反映出了他在社会变革过程中对女性认知的复杂心态，并导致其小说中的女性人物形象杂乱。通过对芥川小说中的女性人物加以梳理，可以将他在社会变革时期的女性认知加以明晰化。

"社会世相"虽然不是地道的现代汉语，但也不是一个令人费解的新概念。用当今的话语来翻译"世相"一词，最为恰当的表达就是"生态"。因此，这里的"社会世相"即"社会生态"，指人们社会生活的方方面面。

芥川龙之介的代表作《罗生门》成为日本中学国语教科书必选作品，"日本的十五六岁的少年少女几乎都是从教科书了解芥川龙之介这位作家的"[1]。芥川研究专家关口安义认为他已摆脱曾经阴郁的形象，他的作品被世界各国翻译出版，已成为世界文学的一部分，他"已超越时代，成为开拓时代的芥川龙之介"[2]。被人们称为"鬼才作家"的芥川龙之介在短短12年的创作生涯中写出了148篇小说，而如此大量的文学创作，其素材源泉正是当时包罗万象的社会世相。源于生活，高于生活，将纷乱繁杂的社会世相加以艺术升华，以小说的形式反哺于民众，给民众一个客观反照、认识自身的镜子，以文学诉说去警醒民众、教化民众，这正是芥川龙之介作为作家试图达到的目的。诚然，作家自身也是社会的一员，也有着诸多的局限性，他的社会认知仍然残留着封建时代的糟粕。

学界对芥川龙之介的研究重点往往集中在作品的文学性、社会性、故事性、叙事性、中国体验等领域，而放眼其女性言说的相关研究则少之又少。仅就当前能检索到的几篇文章来说，对芥川龙之介女性观的研究一是将其笔下的女性简单地分为妖妇型和淑女型，二是按照题材做出大概的归纳。此前国内学界对其女性言说虽然尚停留在浅表层的现象研究的层面，却为此后的深层研究奠定了基础。

事实上，在芥川龙之介的诸多文学作品中，以女性为主人公的作品并不多见，小说里的女性形象也不是十分美好。从某种意义上说，芥川龙之介在感性上将女性仅仅视为社会生态中的必然存在，而这种存在是不必特别在意的，乃至于是可以视而不见的。然而在理性层面上，他肯定女性作

---

[1] [日]関口安義. 生誕一三〇年・没後九五年　時代を拓く芥川龍之介[M]. 東京：新日本出版社，2022：6.

[2] [日]関口安義. 生誕一三〇年・没後九五年　時代を拓く芥川龍之介[M]. 東京：新日本出版社，2022：7.

为人有着与男人同样的社会生存权利,并以当时进步的社会思想来抨击传统的男权,反映了女性生命意识与男权文化的博弈。在博弈的过程中,芥川龙之介的女性认知也在不断进步,甚至具备了一定程度上的超越时代的批判精神和先进性。

我们试图较为全面地对芥川龙之介其人、其文学作品中的女性认知进行提纲性的梳理,力求通过其女性言说空间,去寻找芥川龙之介异于同时代男性作家的女性观嬗变的轨迹。

一、 徘徊于生命原欲中的女性形象

芥川龙之介文学的主要特色是虚构和架空,"围绕生存的诸问题,借托历史人物和市井小人物,写尽人间百相"[1]。他用虚构的方法寻求真实,直面人的内心世界,真诚面对人生。一般认为,芥川龙之介是怀疑论者,他对人生充满了怀疑,对人性充满了不信任。其实在对人生的怀疑中又充满了希望,正是芥川的作品受人喜爱的原因。其初期作品里登场的女性多是在社会底层为生存而挣扎的、充满生命原始欲望的女性形象,这些女性形象里隐藏着芥川龙之介对女性生命意识的认知。

芥川龙之介的创作从未定稿集开始,其中收录的《死相》《老狂人》《老年》等作品均未涉及女性,其著名的短篇(如《山药粥》《鼻子》)里也未曾有女性出现,可以说女性是芥川龙之介作品里忽略的存在。直到《罗生门》才出现了老妪这个丑陋的老女人。她"瘦骨嶙峋,身材矮小,身着丝柏皮色的衣物,像一只猴子"[2],不仅相貌丑陋,心灵也丑陋,为了活着,认为干任何坏事都是正当的。芥川龙之介在创作《罗生门》不久前,发生了与吉田弥生的分手事件,因为养父母的反对他们被迫分手,芥川龙之介感受到养父母以爱的名义带来的伤害,也加深了他对利己主义

---

[1] [日]関口安義. 生誕一三〇年·没後九五年 時代を拓く芥川龍之介 [M]. 東京:新日本出版社, 2022:212.

[2] 高慧勤, 魏大海. 芥川龙之介全集:第1卷 [M]. 济南:山东文艺出版社, 2005:31.

的认识：利己主义无处不在，甚至隐藏于爱中。芥川遭受这样的打击后试图在各种人际关系中去寻找自我的存在。面临饿死境地的老妪为自己拔死人的头发寻找理由，但她内心明白这是一种冒渎死人的恶劣行径，是对道德伦理观的挑战，出于内疚，她专门寻找作恶多端的女人的头发来拔。这是老妪唯一具有人性的地方，芥川龙之介将之称为"寂寞的曙光"[1]。

利己主义是一种负面的人生观，但当面临饿死这样威胁生命的极端状态时，并非每个人都能如大冈升平《野火》笔下的主人公那样，其人性的光辉能够超越生死并战胜对死亡的恐惧。老妪认为以恶制恶可以令自己的行为得到宽恕。仆人与老妪代表的是新旧世界的对立。坏事因对象而定，"这里的人都是可以这样对他们的"。老妪主张以其人之道还治其人之身，即恶的合法性。芥川龙之介谴责老妪与仆人扭曲的人生观，并对人性的丑陋深感绝望："欲望受现状支配，令我们自律的道德观和伦理观能够束缚人到何种地步？"[2]芥川龙之介在此对人性的拷问直击人类灵魂深处。

《偷盗》延续《罗生门》的故事，讲述仆人加入盗贼，在罗生门下与多襄丸等一起干着偷盗抢劫等勾当。其中的女性人物猪熊大娘放任自己的女儿和现任丈夫偷情，是一个伦理道德沦丧的女人。对于这种干尽坏事的老太婆来说，偷盗、杀人习以为常了，它们只是一种职业而已，她全然没有犯罪感。她对女儿与现任老公的关系熟视无睹，是一个"畜生不如的无耻之徒"[3]。芥川龙之介毫不留情地形容她长着"一张癞蛤蟆似的脸，显得卑微低贱"[4]。和用"肉食鸟""猴子"等侮辱性词汇来形容老妪的长相如出一辙，他也对猪熊大娘这个老女人的生理性表达了厌恶。

尽管遭到丈夫的背叛，但在危急时刻猪熊大娘为了救援丈夫还是与武士拼命，并在临死之前一直叫着"老头子"，从中可以管窥到盗贼们丑陋

---

[1]［日］足立直子.芥川龍之介　異文化との遭遇[M].東京：双文社出版，2013：61.
[2]［日］中村稔.芥川龍之介考[M].東京：青土社，2014：51.
[3] 高慧勤，魏大海.芥川龙之介全集：第1卷[M].济南：山东文艺出版社，2005：186.
[4] 高慧勤，魏大海.芥川龙之介全集：第1卷[M].济南：山东文艺出版社，2005：174.

人性中尚存的善良。《偷盗》里沙金在干坏事时宣布"不许把女人、小孩作为人质"[1]的行为显示了盗贼的人性尚未完全泯灭。芥川龙之介认为人性并非简单的"善"与"恶"的对立，老妪与猪熊大娘这两位徘徊于生命原始欲望中的老女人形象丰满，人性诠释立体，以此彰显了人性的复杂。

二、对世俗伦理的人性拷问

兄弟同时爱上一个女人，是女人重要还是兄弟情重要？"虽然是兄弟，为了独占一个女人，相互之间憎恨，并产生杀意，容易丧失至亲的羁绊。"[2]芥川龙之介的作品里对这种世俗伦理的人性拷问有着独到的见解。

《偷盗》（1917年）里的沙金是一个妖艳、妩媚、放荡的女盗贼首领，这个生活在王朝末期社会最底层的女盗贼不仅委身于养父，还与多人有染，非常懂得利用姿色去支配男人。太郎脸上有麻子，又是独眼，可弟弟次郎是一个美男子。太郎近乎偏执地爱着沙金，而次郎也同时爱上了沙金。兄弟二人在沙金的怂恿下上了贼船，从此无恶不作。太郎深感相貌清秀的弟弟抵挡不住沙金的诱惑，那么他失去的将不只是沙金，还有弟弟。同时失去最爱的两个人，等于失去自我、失去一切，太郎无法接受这个结果。次郎一方面无法抵抗"丑恶的灵魂与美丽的肉体如此结合在一起"[3]的沙金的诱惑，一方面又觉得愧对哥哥，甚至想远离哥哥和沙金，以减轻对哥哥的愧疚。次郎不想与哥哥为敌，他备受情感的煎熬。

改变这种局面的是沙金设计干掉太郎的一场战斗。沙金移情次郎，设计干掉太郎，并怂恿次郎参与杀死哥哥的计划。激战中太郎原本驰马而去时，突然他脑中涌现出"弟弟"二字，情比金坚的兄弟情义驱使他返回救

---

[1] 高慧勤，魏大海. 芥川龙之介全集：第1卷[M]. 济南：山东文艺出版社，2005：205.
[2] ［日］酒井英行. 芥川龍之介 作品の迷路[M]. 東京：沖積舎，2007：80.
[3] 高慧勤，魏大海. 芥川龙之介全集：第1卷[M]. 济南：山东文艺出版社，2005：192.

出了次郎。经此一役，兄弟终于同心，齐心协力杀掉了沙金。沙金断气的时候，兄弟相拥而泣。引起太郎与次郎兄弟反目的沙金是一个得不到救赎的女人，这一水性杨花的女人形象里隐藏着芥川龙之介的女性认知："对我们男人来说，女人恰恰是人生本身，即万恶之源。"[1]沙金是兄弟不和的原因，相较于沙金这个生性放荡的女人，兄弟情更为重要，男女的情感抵不过兄弟情深，最终割舍不断的兄弟情救赎了两兄弟的灵魂，体现了男权社会"女人如衣衫，兄弟如手足"的传统观念，折射出芥川龙之介对男权传统下的女性认知。

芥川龙之介经常在作品里描写被边缘化的人群。《偷盗》里养父女的乱伦，兄弟共用一个女人，沙金更是见男人就勾引，对亲生母亲却视而不见。生活在社会最底层的盗贼们没有受过教育，不具备任何道德观念，每一个人身上都体现了畜生的特性。芥川龙之介观察社会世相细致入微，描写入木三分，语言犀利。芥川龙之介善于洞察人心，他的作品描写的是人性的问题，他穷尽一生都在探索超越时代的永恒的东西。因此，即便故事发生在古代，人性都是可以超越时代的。"芥川的小说，因探求人性，而揭露出人性恶，但并非为揭露而揭露，实是他对人性善的一种向往，追求美好愿望的一种折射。"[2]

三、自我重荷之下的女性的世俗沉浮

> 健全的理性发出命令："勿近女人！"
> 健全的本能则发出相反的命令："勿避女人！"[3]

作为健全的男人，理性与本能对女人显示出截然相反的态度。对女性的怀疑和嫉妒导致双重性人格的产生或者引发杀妻悲剧，芥川龙之介从男

---

[1] 高慧勤，魏大海. 芥川龙之介全集：第4卷[M]. 济南：山东文艺出版社，2012：243.
[2] 高慧勤，魏大海. 芥川龙之介全集：第1卷[M]. 济南：山东文艺出版社，2005：前言10.
[3] 高慧勤，魏大海. 芥川龙之介全集：第4卷[M]. 济南：山东文艺出版社，2012：243.

性视角书写了在自我重荷之下的女性沉浮。

《两封信件》（1917年）里通过信件的形式向警察署长倾诉了具有双重性人格的丈夫的"失魂者"体验。35岁的私立大学教师佐佐木信一郎与妻子总子四年前结婚，尚无子女。妻子患有歇斯底里症，常常处于抑郁状态之中。因为外界广泛流传其妻子背叛了他，他的潜意识里种下了怀疑的种子，于是分裂出另一个自我，他曾经三次见到了处于离魂状态的"失魂者"的"第二个我"。第一次，他见到妻子旁边有一个背对着自己的男人，他的衣着、姿势都和自己一模一样，当妻子的视线与自己的视线碰在一起时，那个"幻影"便消失了。佐佐木自认为与妻子相亲相爱，外人却怀疑他妻子的贞操，各种流言蜚语令他感到非常愤怒，他经常沉浸于不安之中。第二次是在他下课后，他和朋友一起下了电车，便看见前方"我和我的妻子肩并着肩，亲密地相拥而立"[1]。尤其看到妻子带着妩媚的目光投向"第二个我"时，佐佐木妒火中烧，感觉像是做了一场噩梦。这次佐佐木清晰地知道那是另一个我，因为他的穿着与自己不同，而妻子也不曾外出，看到的妻子和自己都是幻影。佐佐木的病越来越严重，同行的朋友说他患了精神病。时隔几天，另一个我第三次执拗地出现在佐佐木眼前。在他回到家时，看到书房里自己的幻影和妻子的幻影近在咫尺，他吓得发出了尖叫，晕了过去。

外界对妻子的通奸传闻越演越烈，佐佐木认为这给自己的夫妻生活带来了很大的困扰。因为这些谣言，妻子无法承受这样的压力，消失了踪影。佐佐木担心妻子已经自杀身亡了，并认为周围人的舆论暴力害得妻子歇斯底里症状加重。但仔细分析起来，他产生了幻觉，看到了自己和妻子的幻影，不正是因为他对妻子的怀疑引起的吗？而且幻影出现的间隔时间越来越短，证明他内心的怀疑在加深。自我认为夫妻恩爱，又因幻觉里出现的另一个自我而认为妻子不忠，这从一个侧面反映了芥川龙之介对女人

---

〔1〕 高慧勤，魏大海. 芥川龙之介全集：第1卷［M］. 济南：山东文艺出版社，2005：244.

第四章 芥川龙之介之女性言说

又爱又恨，想接近又想远离的矛盾心理。

到了《影子》（1920年）便演变成具有双重人格的男主人公杀妻子的悲剧。男人陈彩爱着妻子房子，却又怀疑妻子的不忠，因为妻子曾做过咖啡馆女侍，还保存着不同男人送给她的戒指，的确男女关系混乱。当其秘书不断来信挑拨，说其妻子与情夫厮混时，陈彩的怀疑心加重。虽然内心不愿意承认妻子的背叛，但怀疑的种子一旦播下，他就忍不住找侦探查看妻子的行踪，他还在回家时贴着门缝偷听动静。最后他目睹另一个自己杀死了妻子，那个自己的身影便是陈彩的心魔。陈彩对妻子缺乏信任，经不起他人的挑拨。丈夫的疑神疑鬼断送了妻子的性命。"芥川在小说中，暗喻人心微妙，难以捉摸，表现一种怀疑主义情绪。"[1]

《疑惑》讲述小学教师中村玄道杀害妻子的故事。在明治24年（1891）尾浓大地震时，结婚不到两年的妻子小夜下半身被困在倒塌的屋檐下，她痛苦地挣扎着。突然一股滚滚浓烟扑面而来，眼看着妻子就要被烧死，这时中村拿了一片瓦片，一下一下砸在妻子头上，将她活活砸死。而中村本人从地震中逃出，活了下来。"与其活活给烧死，不如我动手让她死吧。"[2]一直以来中村以此作为杀妻的理由并为自己开脱，还不时在他人面前掉眼泪以引起他人的同情。直到一年多以后，校长为他介绍女人，准备再婚之时，他心中的杀妻秘密压抑得他做什么都提不起劲，他全然没有再婚的喜悦。某日，在画报上的地震报道里，他见到妻子临死时的凄惨画面，过去的记忆纷涌而来。他备受良心的遣责，开始反省自己杀妻并非出于不得已，而是早就起了杀心，地震给了他机会。因为妻子的身体有缺陷（具体情况小说没有交代），腾飞的火焰令他的道德感产生分裂，才犯下如此滔天大罪。后来听说有一个老板娘竟然从废墟中捡回一条命，这令他更加痛苦，他的无情让妻子没有任何的逃生机会。婚期迫近，他没有勇气说出一切，但又备受良心的煎熬，于是装病推迟婚期。最后婚礼如

---

[1] 高慧勤，魏大海. 芥川龙之介全集：第1卷 [M]. 济南：山东文艺出版社，2005：前言9.
[2] 高慧勤，魏大海. 芥川龙之介全集：第1卷 [M]. 济南：山东文艺出版社，2005：529.

期进行,他穿上新郎服后更加羞愧难当,于是在看到新娘时,他大声吼出"我是杀人犯,罪大恶极的杀人犯"〔1〕时,所有人都认为他疯了。其实,使他发疯的正是人类内心深处的利己主义的邪恶和他作为人的良知所做的斗争。

四、 走不出男权传统的樊篱

芥川龙之介在早期的作品里经常描写夫妻关系。"结婚对于调节性欲是有效的,却不足以调节爱情。"〔2〕其笔下的男性也曾追求爱情,却常常痴心错付。没有爱情的婚姻使得夫妻之间猜疑不断,不仅追求灵魂伴侣的愿望破灭,婚姻关系破裂,甚至有妻子弑夫的悲剧发生,这使得芥川龙之介对婚姻和女人充满失望,始终走不出男权社会的樊篱。

《开化的丈夫》里的三浦是一位接受过西方文明思想洗礼的留法绅士。他是一位纯粹的理想主义者,追求"拥有爱情的婚姻"〔3〕,绝不做任何妥协。在与友人报告婚后近况时,友人能感受到三浦对琴瑟和鸣的婚姻生活充满了喜悦之情。可惜好景不长,仅仅一年后,当叙事者再见三浦时,三浦却是一副忧郁深沉的模样。原来夫人水性杨花,出轨表弟,爱情至上主义者的三浦甚至想过成全妻子与表弟青梅竹马的爱情,却又发现妻子的表弟还与其他女人有染,而妻子也并非对表弟一心一意,三浦还曾拦截过其他男人写给妻子的情书。这对有心理洁癖的三浦是个沉重的打击,不久他们便离了婚。经历这段失败的婚姻后,三浦憧憬的"拥有爱情的婚姻"破灭了,他终于意识到自以为的心心相印其实"犹如稚童般的梦想"〔4〕。整个故事仅站在丈夫的立场叙事,女性的不贞仅从男性单方面的视角描述。"男人因女性的不贞而成为受害者,一味夸大其无辜的一面,其结果

---

〔1〕 高慧勤,魏大海. 芥川龙之介全集:第1卷 [M]. 济南:山东文艺出版社,2005:534.
〔2〕 高慧勤,魏大海. 芥川龙之介全集:第4卷 [M]. 济南:山东文艺出版社,2012:233.
〔3〕 高慧勤,魏大海. 芥川龙之介全集:第1卷 [M]. 济南:山东文艺出版社,2005:481.
〔4〕 高慧勤,魏大海. 芥川龙之介全集:第1卷 [M]. 济南:山东文艺出版社,2005:491.

便是因男性本位的保守婚姻观而呈现出轻视卑微女性的视角。"[1]由此可见,当时芥川龙之介喜欢的女性形象基本上是家庭型的贤妻良母。

《尾生之信》塑造了一个痴情男人尾生,他因等候恋人,被越涨越高的潮水淹没却仍然不愿意离开,在命丧河边之后,数千年的魂魄寄宿在他人身上,仍然痴痴等候永不到来的恋人。薄暮中,桥栏下,尾生痴情苦等,直到自身化作虚无。关于女人的相貌、性格、年龄等,芥川龙之介只字未提,仅用"女人"来称呼她。女人是否爱尾生也未提及,她是一个被芥川龙之介彻底无视的存在。"女人却仍未到来"这句话在短短的信中出现了6次,在尾生面临危险也不愿离去的每一段描述后面均附上这句,不断重复的句子透露了尾生的绝望和女人的无情。芥川龙之介故事里的男人可以无怨无悔等候虚无缥缈的爱人,而女人却无视。

《竹林中》通过三个人的陈述展示了一个杀人事件。盗贼多襄丸首先承认自己杀人是因为受真砂的教唆,而真砂通过忏悔的形式来认罪,承认自己杀丈夫之后却没有勇气自杀。丈夫的亡灵则说是妻子命令强盗杀他,他痛苦不堪才自杀的。"竹林中"是暴露人类本性的一个空间,也是向制度挑战的人类情念世界的比喻。在竹林外的丈夫气质优雅,一旦进入"竹林中",就变成了欲望之魔鬼。妻子在外面时贞淑善良,在"竹林中"就显露出水性杨花的一面。妻子被辱,丈夫却不作为,反而数落妻子被强奸后的罪恶。丈夫冷漠的目光令妻子不能忍受,妻子最终说出:"你亲眼看我出丑,我就不能让你再活下去。"结局是丈夫死了,妻子忏悔,盗贼被捉,没有人无辜,只有人性的丑陋被赤裸裸地暴露出来。芥川龙之介的创作意图并非寻找真相,丈夫亡灵的供词、盗贼的口供、真砂的忏悔直接导致读者认为真砂就是真凶,而真砂的忏悔便是作者芥川龙之介对真砂的恶意。西原千博认为这部作品的主题是"对女人的恶意"[2]。丈夫死了,多襄丸认罪,所有的恶意都指向了真砂。最后法官只追责杀人事件,而没

---

[1] [日] 中田睦美. 芥川龍之介の文学と＜噂＞の女たち [M]. 東京: 翰林書房, 2019: 48.
[2] [日] 鷺只雄. 年表作家読本　芥川龍之介 [M]. 東京: 河出書房新社, 2017: 97.

有追责强奸事件，原本应该是受害者的真砂在芥川龙之介的笔下却成为害死丈夫的元凶。女性主义者普兰·德·拉巴尔在17世纪便说过："但凡男人写女人的东西都是值得怀疑的，因为男人既是法官又是当事人。"[1]

在以上的作品中，从男性视角观察到的女人大多不可捉摸，不值得信赖，她们对丈夫不能一心一意。《开化的丈夫》《竹林中》《影子》等一系列作品里的丈夫对妻子充满了不信任，潜意识里均认为女人是不贞的。芥川龙之介在随笔《鹭鸶与鸳鸯》里讲述在银座偶遇两美女姐妹，称其为鹭鸶与鸳鸯。他在电车里近距离看到鸳鸯的鼻毛，听到两姐妹在谈论女人月事之后，大倒口味，再无旖旎之心。由此可见，芥川龙之介认为女人只可远观不可近看，现实与梦想存在很大的差距，现实总是无情地摧毁人的幻想。他在《侏儒警语》里曾说过："纵使再心爱的女人，同其交谈一小时便觉得乏味。"[2]这是芥川龙之介对女性精神的一种轻视，他认为女性徒有其表，没有灵魂。在现实生活中，芥川龙之介曾经爱上过一个生性嫉妒且占有欲强的女人，芥川龙之介一直摆脱不了，江口涣说芥川龙之介自杀30%的原因是这个女人。被爱情辜负的人就会变得对爱情极不信任，芥川龙之介的情感经历使他对女人怀有爱恨交加的复杂心理。芥川龙之介也渴望灵魂伴侣，两情相悦应该是爱情最理想的状态，但在他的笔下是不可企及的梦想。

五、 人性视域下姐妹连带感的丧失

中田睦美曾评价《秋》是芥川龙之介唯一的女性小说，在此以前，他的小说均是从男性的视角去描写。"《秋》以前的作品几乎没有将视角置于女性一方。"[3]在1919年创作《龙》时，他感受到了文学创作思泉的

---

[1] [法] 西蒙娜·德·波伏瓦. 第二性Ⅰ：事实与神话 [M]. 郑克鲁，译. 上海：上海译文出版社，2011：导言15.

[2] 高慧勤，魏大海. 芥川龙之介全集：第4集 [M]. 济南：山东文艺出版社，2012：255.

[3] [日] 中田睦美. 芥川龍之介の文学と＜噂＞の女たち [M]. 東京：翰林書房，2019：10.

枯竭，强烈的危机感驱使芥川龙之介改变风格。在《秋》里，将女性视角引入作品中便是芥川龙之介的新尝试，也因此使其文学创作有了转机。该作品放弃了芥川龙之介奇巧取胜的惯有风格，具有近代心理小说的特征，因此《秋》被视为向现代风格小说转型之作。

信子和妹妹照子同时喜欢上了表哥俊吉，姐姐不动声色的暗示令周围的人均认为俊吉喜欢的是信子。在妹妹的央求下信子大度退出，另嫁他人，过着寻常夫妇的平凡生活。妹妹顺利与俊吉结婚，并写信感谢姐姐的成全。信子爱好写作，曾立志成为作家，可得不到丈夫的理解，令她不时想起与俊吉之间的兴趣相投。在这样刻板的夫妻生活中，信子产生了空虚和无聊，这种空虚和无聊在她去新婚妹妹家里见到俊吉时便转换为一种感伤和后悔。

姐妹感情产生裂痕是在两年后，姐姐回到东京去妹妹家拜访，妹妹得知姐姐单独见了自己的丈夫，便心生妒意。当俊吉和信子一起走在庭院里时，信子心里默默期待着对方的表白，但俊吉沉默片刻之后自然地转换话题，由此可见俊吉对信子并没有男女之情。有学者曾尖锐指出："信子与俊吉的'爱'不过是大家的传言罢了。"[1]信子一味陶醉在牺牲个人的婚姻和幸福来成全妹妹的美满婚姻的虚构世界里，表面是在安慰妹妹，实际上是一副恩人的倨傲嘴脸。"本是强求妹妹感谢的利己主义，却转换为在面对妹妹时的优越感，是一种自我美化。"[2]尤其在妹妹指责她深夜毫不避嫌、单独与俊吉在后院时，信子心有不甘，也因此在心中暗下决心与妹妹从此成为路人。"最信赖、最交心的一直认为便是妹妹，而妹妹也深有同感。"[3]这样的姐妹情深在面对三角关系时也经不起考验。

在故事的结尾，信子与俊吉擦肩而过是小说的高潮。信子不顾俊吉再三叮嘱等自己回家再走，她却乘上了篷车，这意味着她的放弃。透过车

---

[1] [日]鷲只雄. 年表作家読本　芥川龙之介[M]. 東京：河出書房新社，2017：97.
[2] [日]酒井英行. 芥川龍之介　作品の迷路[M]. 東京：沖積舎，2007：203.
[3] [日]佐古纯一郎. 芥川龍之介の文学[M]. 東京：朝文社，1991：59.

窗，信子看到了俊吉，而窗外匆匆而过的俊吉并没有看到她。透过车窗看外面自然是一清二楚，而从外面便不容易看到里面，芥川龙之介巧妙利用这一点来暗示信子的视线是单向的，俊吉的视线并没有落在她的身上，由始至终都是信子单方面的情感，俊吉并没有任何的回应。这一场两女一男的三角恋只不过是两姐妹的幻觉罢了。俊吉走出信子视线之后，信子所有的期待落空，"再也没有进入两人世界的余地"〔1〕，只剩下萧瑟的秋天映衬着心里的哀伤。现实与幻想之间的位相之差是那么明显，原来以为的牺牲自我主动让爱的故事不过是信子一个人的独角戏，青春的梦想破灭后，徒增伤感。三好行雄高度评价描写青春丧失的《秋》是芥川文学前期作品的终结之作。〔2〕虽然在描写爱情，但芥川龙之介并不相信爱的存在。姐妹爱上同一个男人的故事以姐姐成为局外人而结束，信子只有回到和丈夫的平淡婚姻生活中去，再也不能和俊吉畅聊文学话题。秋天之后便是冬天，衬托着人生了无希望。这世界上的心如死灰大抵都如信子这般，坐着人力车回家的信子全身心感受到了秋的寂寥。"'秋'这个词让人感受到心境的变化，并推进故事的发展。"〔3〕佐古纯一郎评价芥川龙之介的文学便是"秋天的文学"〔4〕。寂寥是其内核，支撑姐姐内心平静的便是谛念之后的寂寥。

在男性占据价值体系的控制权和话语权的时代，男性执掌着女性形象的创造权，女性无法进行自己表现，于是男性习惯将处于附属地位的女性标上负面标签。比如"嫉妒"二字均带有女字偏旁，这一特性从一开始便被贴上女性性的标签。同样描写嫉妒心，《偷盗》里两兄弟最后并没有因为沙金而反目，《秋》里的两姐妹却因俊吉而从此成为陌路。兄弟同心和

---

〔1〕［日］中田睦美. 芥川龍之介の文学と＜噂＞の女たち［M］. 東京：翰林書房，2019：14.
〔2〕［日］浅野洋，芹沢光興，三鳩譲. 芥川龍之介を学ぶ人のために［M］. 京都：世界思想社，2000：242.
〔3〕［日］鷲﨑秀一. 芥川龍之介「秋」論—「幸福」は「松」とともにあらず［J］. 阪南論集. 人文・自然科学編，2020，56（1）：7.
〔4〕［日］佐古纯一郎. 芥川龍之介の文学［M］. 東京：朝文社，1991：63.

塑料姐妹情的对照书写演绎了兄弟血缘的不可替代及姐妹连带感的不堪一击,佐证了女性的嫉妒心强于男性,反映了芥川龙之介在男权思想影响下的性别偏见。

六、女性自审意识的衍进

芥川龙之介在爱情短篇小说《袈裟与盛远》里塑造颠覆传统的烈女形象,体现了女性的自审意识。故事由上下两段告白组成,上段是盛远意图刺杀袈裟的丈夫前夜的内心独白,下段为袈裟知晓了盛远计划后决定替丈夫去死的内心独白。独白通过主人公的内心语言活动来揭示人物的内心世界,抒发人物的思想感情,再配以月色清冽的夜晚描述,将整个故事充满哀怨地娓娓道来。盛远在三年后与袈裟重逢,此时的袈裟已不复往日的美貌,盛远对她再也没有当初的心动。在盛远的独白里他自认对袈裟的爱是"欲望的美化"[1],他用尽手段制造邂逅,最后终于得到了袈裟。对袈裟的念念不忘源自未得到的不甘和"掺杂着相当成分的对不识的软玉温香的憧憬"[2]。

盛远是袈裟唯一爱过的男人,袈裟背叛丈夫,心甘情愿与盛远发生了关系,她的失贞是为曾经的爱情寻求一个完美的结局。然而,袈裟背叛丈夫的行为在那个年代是不可饶恕的,尤其是她的丈夫十分温柔,为了取悦妻子,武士丈夫甚至去学习和歌。而盛远在占有了袈裟之后,便对她显露出嫌弃。面对盛远浓情转淡的一瞬间,袈裟并无自杀的勇气,但又不愿意苟延残喘地活着,在这样的矛盾与痛苦里,听到盛远提出杀死丈夫的建议时,她欣然同意。袈裟穿上丈夫的衣服,等待死在盛远的刀下。袈裟作为烈女的典型,表面是因为爱着丈夫,实际上是用死亡完成对自我的救赎。月色冷冽,烘托出这个凄美的爱情故事,"二人的心理描写细腻,微妙的

---

[1] 高慧勤,魏大海. 芥川龙之介全集:第1卷 [M]. 济南:山东文艺出版社,2005:318.
[2] 高慧勤,魏大海. 芥川龙之介全集:第1卷 [M]. 济南:山东文艺出版社,2005:318.

荫翳、动摇的情念"[1]，充分展示了芥川龙之介的才情。在芥川的文学世界里，爱情不过是一场镜花水月，经不住时间的考验。袈裟望着窗外朦胧的夜色，记忆如潮水般汹涌而来，她那千疮百孔的心早已不堪重负，她再也没有爱的力气了。爱情如果到不了终点，不如让生命到达。对袈裟而言，因为爱情令人绝望，死亡才那么充满诱惑。清冽的月色映照着，袈裟的心冷彻而坚定，配合着盛远完成了这场名为爱的谋杀。

在日本，自古以来袈裟这一烈女形象深入人心，但都忽略了她和盛远有过床笫之欢的事实，曾有读者写信指责芥川龙之介将为保贞节决心赴死的烈女形象篡改。实际上在《源平盛衰记》里曾明确描述"盛远来得很早，与女人同床共枕，夜渐深沉云云"[2]。芥川龙之介曾说："不知出于何种意图，社会上普遍无视这一史实，似乎把可怜的女主人公广泛宣传成一个超人的烈女。"[3]芥川在小说里将袈裟与盛远持续半年之久的情人关系清晰描写出来，颠覆人们对袈裟为了保护贞操而甘心赴死的烈女印象。虽然颠覆了烈女形象，但在芥川龙之介的笔下，袈裟在因失去贞洁从而对丈夫产生内疚悔恨之心时，看到盛远露出轻侮之色，她在这两者之间挣扎之后毅然选择死在盛远刀下的行为并不惹人厌恶，反而令人同情，这一颠覆令整个爱情故事充满了感伤。袈裟的独白直接说出了自己代替丈夫死在盛远刀下并非为了丈夫，而是"因心灵受到伤害而感到愤然，身子受了玷污而为之悔恨"[4]。芥川对烈女形象的颠覆令袈裟的形象立体鲜活起来，袈裟变成一个有血有肉的、不再受封建道德约束的女人。

明治以前的道德是一种封建的道德。芥川认为"封建主义的道德是一种十分脱离实际或极端理想化了的、实行起来很困难的道德"[5]。"因为这道德把忠臣、孝子、烈女一类理想上的人物定为一个目标，要求人们努

---

[1] [日]中村稔. 芥川龍之介考[M]. 東京：青土社，2014：82.
[2] 高慧勤，魏大海. 芥川龙之介全集：第3卷[M]. 济南：山东文艺出版社，2012：297.
[3] 高慧勤，魏大海. 芥川龙之介全集：第3卷[M]. 济南：山东文艺出版社，2012：297-298.
[4] 魏大海. 罗生门[M]. 上海：上海社会科学院出版社，2021：310.
[5] 高慧勤，魏大海. 芥川龙之介全集：第4卷[M]. 济南：山东文艺出版社，2012：89.

力向这些典型人物看齐。但是人很难完全实现这种道德标准。"[1]批判精神的匮乏是封建道德得以延续的条件，这种缺乏表现在没有把过去的忠臣、孝子、烈女看成有血有肉与我们同样的人，而是看成了某种神的化身。芥川龙之介认为，昨日的道德是脱离实际的，太富于理想主义色彩。他没有被困在世俗和偏见里，而是接受了新道德，敢于向根深蒂固的旧道德提出疑问。

七、 虚幻世界中的自救与他救

《六宫公主》（1922年）描写了沉浸在虚幻世界的宫主没有任何自救能力，一味等待他救，最终死亡也不能将其救赎，是一个既不知天堂也不知地狱的女人。该小说取材自《今昔物语集》之《六宫姬君夫出家语》。因住在六宫府邸而取名六宫宫主，宫主的形象代表着高贵、美丽和富有。备受宠爱的六宫宫主原本每日吟诗弹琴消遣，过着不知人间疾苦、无忧无虑的生活。在父母双亡之后，由于没有生存能力，她只能依附于男人而活，在老仆人的斡旋之下每晚与男人幽会。她凭借娴静端庄的相貌吸引着男人，倒也过了一段闲适的日子。不过好景不长，男人随父亲赴陆奥为官，约好6年后归来。6年期到，男人并没有归来，此时他已经娶了门当户对的妻子。

男人在9年后的某日偶然想起宫主，于是趁返京之时回来找她。他在朱雀门前躲雨时听到动静，望窗内一看，只见傍晚昏暗的光线下躺着一个病弱的女人，此人正是六宫宫主。宫主虽然出身高贵，却不具备任何生存能力，最后被男人抛弃，过着乞丐般的生活。临死之前法师让她念经超度，也得不到救赎。第一次念诵，看到燃烧的车子；第二次念诵，看到如天盖般巨大的金色莲花；第三次念诵，莲花再也看不到了，一片黑暗中只听到风在吹。中村稔认为这部作品"是芥川王朝小说的最高杰作，也是他

---

[1] 高慧勤，魏大海. 芥川龙之介全集：第4卷［M］. 济南：山东文艺出版社，2012：89.

现实主义的顶峰"[1]。

芥川龙之介并没有描写男人之后因为觉得不安和愧疚，于是出家念经诵佛，为宫主超度亡灵（《今昔物语集》原作里有这样的情节），而是将视线投到六宫宫主身上，警示女人必须认清现实，一味依附于男人最终将落得凄惨的下场。不谙世事、娇生惯养的宫主身无一技之长，只会无病呻吟地弹琴吟诗，无法解决生计问题。小时依靠父母，长大依赖男人，没有自我的宫主一直生活在父母为自己构筑的象牙塔里。芥川龙之介一直主张女性要有自我，要努力读书进行自我增值，同时要学会自力更生。这种观念与芥川龙之介所处的时代背景下新女性的主张吻合："任何事情，如果不能静下心来做，无论男女都将成为精神的奴隶而亡。"[2]"当今世间，男人制定的制度和男人的习惯占据统治地位，性别导致了男女之间存在非常不公之处。为了矫正这一现实，女人必须参与世间的工作。"[3]

宫主在父母的保护下不知世间辛苦，父母去世后，她不知该如何生存下去，沦落到卖身给男人来维持生计。宫主的一生都是依附父母、乳娘、男人而活，从未有自己的想法和人生，就算与男人在一起的日子，她也未曾有片刻感到过快乐。父母在世时、委身于男人之时、男人走了之后这三个时段里，宫主唯一不变的仍然是弹琴吟诗。"琴与歌支撑着虚构的生，可虚构的生与现实的生之间差距太大，加速零落的日子、五年的岁月逐渐侵蚀了虚构的生。"[4]仅靠弹琴吟诗构筑的虚构的生存空间支撑不了现实生活的残酷，现实与虚幻之间的落差导致虚构生存空间的崩溃，宫主只求静静地等死，其人生的失败也就成了必然。对这样一个病娇女人，芥川龙之介痛斥她是一个"既不知天堂也不知地狱"[5]的女人。他对女性提出警示："妇女运动唯有期待妇女自身的力量，除此之外，绝无成功的希

---

[1] [日] 中村稔. 芥川龍之介考[M]. 東京：青土社，2014：109.
[2] [日] 芥川龍之介. 芥川龍之介全集第九巻[M]. 東京：岩波書店，1996：219.
[3] 高慧勤，魏大海. 芥川龙之介全集：第3卷[M]. 济南：山东文艺出版社，2012：369.
[4] [日] 酒井英行. 芥川龍之介　作品の迷路[M]. 東京：沖積舎，2007：230.
[5] 高慧勤，魏大海. 芥川龙之介全集：第2卷[M]. 济南：山东文艺出版社，2012：235.

望。"[1]如果女人都如宫主这般,妇女解放运动的实现将遥遥无期。芥川龙之介曾说爱过一位女子,只因她的字写得不好便不再有爱慕之心。其初恋对象吉田弥生是一位才华可以与之匹敌的女性。在面对《妇女画报》"喜爱何等女人"的提问时,芥川龙之介回答说:"想到花容月貌,我眼前就浮现出智情意兼备的形象。而其他的却总是令人失望。"[2]可见芥川对女人的要求很高,希望能够在精神上心意相通。可是在芥川的作品里,智情意兼备的女人一次都没有出现过。

八、对女性贞操观的现实批判

自古以来对女人来说贞操是最重要的,"贞女不更二夫"是男权社会禁锢女人的一种制度。在近代日本黎明期向开化期过渡的时代,人们对贞操持有怎样的态度呢?女性作家们如《青踏》杂志社成员围绕"贞操论争"有两种态度:一种是以生田花世为代表,认为比起贞操,我们先会要求吃饱饭;另一种认为这样的想法和依附于男人的娼妓没有区别,女性的颓废与堕落在于性道德的败坏。在大肆探讨女性贞操这种隐私话题的时代,芥川龙之介在《阿富的贞操》里直接将"贞操"二字作为小说名,他塑造的阿富认为生命比贞操更为重要,因而对女性贞操观提出了批判。

《阿富的贞操》以新政府与反新政府开战的上野战争为时代背景,男主人公新公是新政府军的一员,时常扮作乞丐在上野一带活动。某日新公来到小杂货店避雨,遇上回来寻猫的女佣阿富。见到充满朝气活力、如水果般鲜嫩的阿富,新公产生了欲望,于是掏枪对准花猫,以此威胁阿富顺从于他。为了救主人的花猫,她宽衣解带,甘愿向新公献出自己的身体。从两人的对话里可以看出,年龄、见识明显劣于新公的阿富对新公的态度是粗暴的,而新公没有表露出任何不快,只有真正的朋友才能这样相处。正因为阿富对新公充满信赖,才心甘情愿把自己交付给他。而阿富的这一

---

[1] 高慧勤,魏大海. 芥川龙之介全集:第3卷[M]. 济南:山东文艺出版社,2012:419.
[2] 高慧勤,魏大海. 芥川龙之介全集:第4卷[M]. 济南:山东文艺出版社,2012:677.

举动让新公的心灵得以净化,他并没有动阿富一根毫毛。在生命与贞操的取舍之间,阿富选择了生命,芥川龙之介的贞操观与当时的新女性作家们主张的贞操观迥异。

战乱时代,到处都会发生弱质女子被男性强暴的事情。故事的正常展开应该是持枪的乞丐新公侵犯阿富,阿富为了保护贞洁拼死反抗。可在小说里,阿富并没有反抗,而是主动躺下。对此行为,新公深感疑惑:"一个女人委身于人,这可是终身的大事呀。可是阿富姐,你却用它去换一只猫——你这不太胡来了吗?"[1] 面对危险,阿富没有抱怨,而是主动直面困难,这样一位积极直面人生的女性自带光环,是芥川龙之介发自内心欣赏的女性。

在芥川龙之介看来,传统的贞操观也好,新女性的贞操观也罢,重要的是身体本身的圣洁性,不应被伦理道德所束缚。阿富在那一瞬间采取的行动是发自内心的,用女人视若生命般宝贵的贞操去换取花猫的性命,她认为值得。新公在听到阿富的理由时感受到了阿富心灵深处的纯粹,这一发现令新公自愧不如,令他一直坚信的观念受到冲击。如果之前吸引新公的是阿富充满青春活力的肉体之美,勾起了他的本能欲念,那么此刻则是被阿富由内而外散发出的人格魅力所吸引,深感羞愧的新公人性得以复归。

22年后阿富与丈夫及孩子一起偶遇了新公,阿富想起了往事。她一直不明白自己当时的行动是基于何种理由,也不明白新公为何没有侵犯她。尽管如此,她从未后悔过,在看到勋章加身的新公后,她回头对着丈夫露出了灿烂的笑容。重逢时新公已经是一位战功赫赫的知名人物,与第一次登场时如乞丐般的形象完全不同,而阿富也有了幸福的家庭。从阿富和新公后来的人生轨迹可以看出芥川龙之介对主人公的行为均持肯定态度,令两位善良的人均有了美满的结局。阿富的贞操观体现在她内心的纯洁,这种纯洁具有感染他人、令他人变好的神秘力量。阿富这一女性形象

---

[1] 高慧勤,魏大海. 芥川龙之介全集:第2集[M]. 济南:山东文艺出版社,2012:247.

不同于以往恪守传统贞操观的女性，芥川龙之介在此探讨了贞操新定义的可能性。"至此，贞操问题回笼于观念的、平稳的纯粹精神剧之中。"[1]

"妇女占据何种社会地位，是鉴衡人类文明高低的真正尺度。（中略）富人或贵族阶层男人，大多不像妇女那样保持贞操。相反，千真万确的是，身为母亲或妻子的妇女却能纯洁地度过一生。"[2]芥川龙之介深刻意识到男权社会对女性的不公，因此，他抛弃传统道德对女性身体的束缚，将贞操定义为心灵美的精神层面。应该说芥川龙之介的站位比《青踏》的"新女性们"更高，这是芥川龙之介性别意识的进步表现，体现出芥川龙之介思想先进性的一面。

"文学在审美体验和价值评价中，透露出作家对社会、人生和美的观察和沉思。"[3]学界大多认为芥川龙之介与自然主义作家相反，他不会在作品里描写自己，这是一种误读。"我的小说或多或少正是我自身体验的告白，只是各位不知道。"[4]在杂文《我若生为女子》里，芥川龙之介假设自己若为女子便会"尽量做出温良贞淑的样子，尽量抓住情投意合的丈夫，尽量巧妙地操纵丈夫，尽量使自己有更大的发展"[5]。"温良贞淑"是"男权社会集体无意识中男性对女性形象的外在强化"[6]。讨好丈夫和操纵丈夫体现出芥川龙之介女性观的矛盾性，而使得"自己有更大的发展"则是芥川龙之介对女性精神发展的期待。他认为，女性参与工作并不会失去女人味，但他还是喜欢"既能生儿育女又能缝制衣服、温柔的雌性白狼"[7]。"生儿育女"这样的女性记忆早就稳定地固化在男权文化中，体现了芥川龙之介对男权文化的不舍。

---

[1] [日] 中田睦美. 芥川龍之介の文学と＜噂＞の女たち [M]. 東京：翰林書房，2019：64.
[2] 高慧勤，魏大海. 芥川龙之介全集：第3卷 [M]. 济南：山东文艺出版社，2012：412.
[3] 汪正龙. 文学意义研究 [M]. 南京：南京大学出版社，2002：217.
[4] 高慧勤，魏大海. 芥川龙之介全集：第4卷 [M]. 济南：山东文艺出版社，2012：287.
[5] 高慧勤，魏大海. 芥川龙之介全集：第4卷 [M]. 济南：山东文艺出版社，2012：658.
[6] 罗元，黄芳. 东西方男权视角下的"夫弃"式悲剧：论《舞姬》和《蝴蝶夫人》中的"家庭天使"[J]. 中外文化，2020（9）：37.
[7] 高慧勤，魏大海. 芥川龙之介全集：第3卷 [M]. 济南：山东文艺出版社，2012：344.

作为生活在日本近代社会的男人，处在由旧传统向新思想过渡的"思想动摇期"，芥川龙之介依然不能彻底摆脱根深蒂固的男权文化。尽管他并非顽固的传统派，但当时的社会世相依然反映出对男权的不舍，这就决定了芥川龙之介的文学作品具有了双重性：一是作家力求跟着社会的开化接纳男女平等，二是社会的现状依然留恋着男权。在芥川龙之介的天平上，后者依然占据着一隅，所以在他的诸多作品上反映出男权视野下的女性认知，这体现在《竹林中》《偷盗》《开化的丈夫》《秋》等作品之中。

芥川龙之介作品中的女性言说是在社会世相的折射基础上的内心言说，仍然残留着封建时代的道德，芥川龙之介因此感到困惑。但同时，他肯定女性作为人有着与男人同样的社会生存权利，并以当时进步的社会思想来抨击传统的男权，反映了女性生命意识与男权文化的博弈。在博弈的过程中，芥川龙之介的思想在不断进步，甚至具备了超越时代的批判精神和先进性。把芥川龙之介涉及女性的作品按照发表的时间顺序排列，由此可以看出芥川龙之介女性认知的演变轨迹。其所处的年代正是《青踏》杂志周边的女性作家们争取女性解放的时代，芥川龙之介自然也深受时代思想的影响，他对女性解放发表的言论体现了其女性认知的先进性。他曾卓有远见地指出："女性如果不做先锋，女性解放运动便不能成功"[1]。其真知灼见甚至超过了女性解放思想家们的见识。例如，《袈裟与盛远》《阿富的贞操》等作品揭露了男权文化对女性的禁锢，显示了强烈的批判精神和先进性，在今天仍然具有超越时代的现实意义。关口安义称芥川龙之介为时代的开拓者，2022 年正值芥川龙之介诞生 130 周年之际，他撰写《开拓时代的芥川龙之介》的目的是"想要超越过去的否定性的芥川论，重新构筑时代的证言人、开拓时代的作家芥川像"[2]。

---

〔1〕［日］濱島広大. 芥川龍之介「日本の女」に見える現実主義：『大君の都』と『ジャパン』の挿絵の比較を通して［J］. 文化交流研究，2020（15）：14.

〔2〕［日］関口安義. 生誕一三〇年・没後九五年　時代を拓く芥川龍之介［M］. 東京：新日本出版社，2022：45.

第五章
三岛由纪夫《金阁寺》中生灭因缘的外现具象
——有为子的"因"与"果"

《金阁寺》系日本现代作家三岛由纪夫（1925—1970）美学的集大成之作，其中蕴含的思想如下：对日本美的想象及战后社会的违和感、偶像破坏与自我毁灭倾向、禅与行动论等。还有学者将作品与三岛由纪夫本人的结局进行关联性论述，提出《金阁寺》是其"自我毁灭"的预告书。《金阁寺》中出现的女性形象也绝不是单线平面的，中外学者对其女性形象的研究不在少数，但大多停留在有为子与其他登场女性关联的层面，鲜有从"金阁即女性本身"角度进行探究。我们将从有为子与金阁内核的相通之处出发，从精神层面分析与有为子等女性角色的关联，并结合服饰描写等细节，探究《金阁寺》中女性角色的本原。

一、有为子的"有为之生"与金阁的"无为之美"

三岛由纪夫作品中的女性形象特点十分突出，如《狮子》中"怪物化"的女性、《爱的饥渴》中"病态化"的女性、《忧国》中"圣洁化"的女性等，这些女性角色被赋予了激烈的感情色彩，成为研究三岛由纪夫作品的重要入口。目前对三岛由纪夫作品女性形象的解读主要集中在其小说中的婚恋分析及作为男性附属物的女性角色等方面，同时结合作家的童年生活及日本传统文化、西方文艺思潮等探讨对三岛由纪夫本人产生的影响，鲜有从"金阁即女性本身"角度进行探究。

《金阁寺》是三岛由纪夫创作热情饱满、创作手法娴熟、人气也处于高峰时期的作品，可谓三岛由纪夫创作前半时期思想的集大成之作。有为子在整个作品中极为特殊，作为第一位出场的女性，她不仅是主人公少年沟口幻想中因美而产生欲望的对象，同时在整个故事发展中常常与金阁纠缠在一起阻滞沟口的"生"。她的存在令沟口清晰地意识到自己的口吃和无能，对沟口来说，她仿若金阁般在自己的精神世界中淀积，最终成为难以逾越的业障。而"有为子"这一名字本身也蕴含了三岛由纪夫的哲学——以有为对抗无为之所在。"有为"本出于佛教用语，即代表生灭与因缘，同时伴随着变化、崩坏与无常，追求"有为"则意味着经历虚无与痛苦的轮回。而反义词"无为"则指脱离生灭因缘的静寂境界，不生不灭。三岛由纪夫横贯于《金阁寺》中的"有为"与"无为"（即"生"与"美"），在俗世短暂的生灭轮回中去追寻脱离因缘的永恒之美，以"有为"碰撞"无为"。如果说金阁作为美的极致代表着"无为"的话，那么有为子则是金阁在生灭因缘中的具象，即"无为之有为"。二者内核近似，实存相异，成为主人公精神世界中的两极。

1. 三岛由纪夫的女性认知与美具象的选择

　　三岛由纪夫对男性肉体美和力量美的崇拜已经成为其作品的烙印之一，而与之相对，其笔下的女性形象则显得较为复杂。三岛由纪夫在人生和文学世界中孜孜不倦追寻着的美的代名词，在《金阁寺》中无疑就是金阁，那么为何美的具象会是一名女性？三岛由纪夫在很多评论里近乎偏执地表露过自己对女性的蔑视和憎恶，并"通过披上女性蔑视的铠甲来不断进行自我确认"[1]，甚至认为艺术的堕落源自女性进入社会。他在《自恋论》里曾提及对男女性差的看法，他认为精神与肉体的乖离是男人特有的，男人上半身和下半身可以分开，而女人由于子宫的牵引力很难脱离肉

---

[1] [日] 渡辺みえこ. 女のいない死の楽園：供犠の身体·三島由紀夫[M]. 東京：パンドラ, 1997：116.

体。"支配女人精神中枢有两个：大脑和子宫，两者共同作用，牵引着女人的精神无法离开肉体。"[1]男性与女性生理结构的差异在文学中多体现为男性的思考模式分为上半身和下半身，而女性则体现为肉体与精神的统一，在《金阁寺》中这一认识也得到了某种体现。

《道德经》里认为有机和无机即指有生命和无生命，有机通过繁衍后代的形式存在，而无机则以长生的形式存在于世间。《金阁寺》主人公沟口深知金阁寺虽然是美的极致的化身，但"毫无疑问是他界的存在"[2]，非世间所有，虽能长存，却很冰冷。它的无机驱使沟口去寻找富有鲜活生命的有为子来显现金阁的极致美丽，体现精神与肉体的统一。换而言之，金阁的"无为之美"只有通过有为子的"有为之生"才得以具象化。

有为子是唯一死亡过的女性，并且几乎在与死亡来临的同一时间，她接纳又背叛了世界，在二次反转中成为"绝对存在"的女性。她在经过死亡洗礼后成为主人公眼中肉体与精神统一的象征。而这种"绝对存在"和"内外统一"也构成金阁"无为之美"的内核，可以说沟口所见证的有为子之死与金阁"绝对与统一"的崩坏是不断共振的。

三岛由纪夫曾在一次访谈中提及"火烧金阁"的意义。他将放火这一行为比作性行为的高潮，而烧掉金阁正是完成性行为的最后一步，也是抛却童贞后真正参与人生的开始。"原本童贞的丧失对三岛来说是赌上生死的蜕变"[3]，而金阁在这场成人典礼里完成了女性接纳男性并宣示结束童贞的功能，这也是三岛由纪夫将"美"的具象设定为女性的另一个重要原因。

2. 幻想的膨胀与现实的破裂

金阁寺具有世间罕有的极致美，就连"金阁"二字都充满了无与伦比的音韵之美，少年沟口内心所描绘的金阁比现实世界的金阁更加美轮美

---

[1] [日]長谷川泉. 現代女流文学の様相[J]. 国文学・解釈と鑑賞, 1976 (9)：6.
[2] [日]松本徹. 三島由紀夫 エロスの劇[M]. 東京：作品社, 2005：167.
[3] [日]酒井順子. 金閣寺の燃やし方[M]. 東京：講談社, 2014：160.

奂，这使得这位"内心世界的王者用静静的谛念幻想着成为大艺术家的空想"[1]。和金阁一样，作品中沟口对有为子的美丽与肉体的幻想无限膨胀。在和真实的外界碰撞之前，沟口将金阁与有为子视为自己心目中的完美标本，在想象中上演着官能的盛宴，并豢养在幻想世界中使其膨胀。

  我迷上有为子的肉体，并非打这个晚上才开始。起初偶尔想起，接着就渐渐习惯了，仿佛结成了一个相思疙瘩。有为子的身体沉浸于洁白而富有弹性的暗影之中，变成了散发着香气的肉块……[2]

现实中身体羸弱的结巴少年与外界的美好绝缘，他怀着残酷暴虐的愿望想对散发着腐臭气息的现实发起"复仇"。与此同时，成为他内在驱动力的却是观念中对"美"的追求。围绕着沟口的"丑与美"看似对立，但通过沟口自身这层"不被人所理解"介质后，美与丑的转化得以成立。存在于沟口的内在和外界，即幻想与现实中的金阁寺和有为子被置于极不平衡的天平上，而当这种"非平衡"的异常状态达到极致时，破裂便是结局。

沟口第一次见到现实中的金阁时曾想到："所谓美，就是指这种不美的东西吗？"[3]不同于幻想中绝美的金阁，矗立在眼前的这座古刹陈旧而灰暗，甚至充满了一种不协调感。这一反差同样适用于沟口与有为子的初见。

  ……甚至连眼前的有为子，都出人意表地完全失去了意义。没等我参与，现实就横在眼前，而且带着从未见过的重负……[4]

幻想中金阁与有为子的"意义"在于使沟口与"不美"现实的自我隔离，一旦失去这层意义，恶意与诅咒便毫无遮拦地横亘在少年面前，现

---

[1] [日] 上総英郎. 三島由紀夫論 [M]. 東京：パピルスあい，2005：153.
[2] [日] 三岛由纪夫. 金阁寺 [M]. 陈德文，译. 苏州：古吴轩出版社，2021：8.
[3] [日] 三岛由纪夫. 金阁寺 [M]. 陈德文，译. 苏州：古吴轩出版社，2021：22.
[4] [日] 三岛由纪夫. 金阁寺 [M]. 陈德文，译. 苏州：古吴轩出版社，2021：9.

实与自我也开始趋于破裂。"金阁的冷酷逐渐驱动着主人公走向恐怖行为。"[1]有为子的肉体从"散发着香气的肉块"变成了失去意义的重负，她的结局也在沟口的诅咒下迎来死亡，这与金阁的毁灭具有一致性。

可以说故事前半部分中出现的有为子及沟口对其感情变化是整个《金阁寺》中对金阁的"烧毁预告"，在幻想中膨胀的畸形之爱与现实碰撞的瞬间，破灭的结局早已注定。只是对于沟口来说，原本构建在幻想之上的现实绝对无法承受如此破灭，于是比起有为子戏剧性的死亡，他不再等待诅咒的应验，而是选择亲手将金阁毁灭，赌上了自己的"生"。

3. 拒绝与接纳的二次反转

沟口所接触的金阁亦幻亦真，存在于真实世界的金阁经过少年内心的折射，产生了"拒绝""依附""背离"等关系。这与故事前半部分对有为子的认知高度重合，而这种心理轨迹最后导致了破灭的结局，正如前面提到的那样，对有为子的爱恋与诅咒最终与金阁的"烧毁"紧密相连。

初次了解现实中金阁之美的沟口在数次仰望这座无与伦比的建筑的同时，对这种超绝一切的美感到"被拒绝"，自己的丑陋在金阁的映衬下愈发凸显，只能通过将"不被人理解"奉为自己"唯一的骄傲"。然而，这种"被拒绝"感最初来自有为子，不仅是出于她美丽肉体的拒绝，更是有为子本身就如同金阁一般，拒绝着整个世界。

> 我以前从未见过死不认罪的面孔，我想到了自己遭到世界拒绝的面孔。然而，有为子的面孔却是拒绝世界的。（中略）这是一张向未来、向过去都不置一词的面孔。（中略）只是为了拒绝，才来到这个世界之上。[2]

这段故事的发展十分紧凑，前一秒沟口还沉醉于她奇异的面孔，下一瞬决定背叛恋人的有为子便笑了起来，带着证人们走向"自然世界"。面

---

[1] [日]松本徹. 三島由紀夫　エロスの劇[M]. 東京：作品社，2005：168.
[2] [日]三島由紀夫. 金阁寺[M]. 陈德文，译. 苏州：古吴轩出版社，2021：12.

对这种变化，沟口欣喜若狂，他不禁想到："由于叛逆，她终于接受了我。她现在就是我的人了。"[1]与有为子之间的关系从"被拒绝"到"被接纳"，沟口在精神世界完成了与外界关系的第一次反转，"被拒绝者与拒绝者之间存在一种共鸣关系"[2]。战火中金阁的命运与少年别无两样，而拥有共同命运的二者也不再拒绝彼此。

> 在这世上，我和金阁共同的危难鼓舞了我。我找到了将美和我结合的媒介。我感到我和拒绝我、疏远我的东西之间，架起了一道桥梁。[3]

然而，这成为对沟口而言的"最后的夏天"，下一刻反转接踵而至，有为子和金阁再次彻底背叛了少年。

> 但是，从此以后，未来的她将变成另外的人。也许登上石阶的有为子又一次背叛了我，背叛了我们。接着，今后的她既不会完全拒绝世界，也不会完全接受世界。她只是屈身于单纯的爱欲的秩序，心甘情愿做一个男人的女人。[4]

在沟口的视角中，此刻的有为子虽然明确背叛了"我"，但与世界的关系变得暧昧起来，不再有明确的界限，唯独"爱欲"成为有为子溺身的唯一，这种变化与战后的金阁如出一辙。宣布战败的那天金阁在晚夏中燃烧殆尽，成为一个空虚的外壳。而沟口面对眼前金阁彻底的虚无时却认为金阁此刻的美超越了以往，"虚无"与"绝美"如石壁般，再次彻底将沟口"拒绝"。

> 金阁从我的印象，不，从现实世界超脱出来，不论何种移转和何

---

[1] [日] 三島由紀夫. 金阁寺 [M]. 陈德文, 译. 苏州: 古吴轩出版社, 2021: 15.
[2] [日] 松本徹. 三島由紀夫 エロスの劇 [M]. 東京: 作品社, 2005: 193.
[3] [日] 三島由紀夫. 金阁寺 [M]. 陈德文, 译. 苏州: 古吴轩出版社, 2021: 44.
[4] [日] 三島由紀夫. 金阁寺 [M]. 陈德文, 译. 苏州: 古吴轩出版社, 2021: 15.

第五章 三岛由纪夫《金阁寺》中生灭因缘的外现具象

种变化的因素，都与之无缘。金阁显现着未曾有过的坚固之美！金阁的美拒绝所有意义，呈现着空前的辉煌。[1]

彻底拒绝"我"的金阁和世界的关系是否也如有为子般仅仅坠入"爱欲"，答案是肯定的。金阁拒绝所有意义，却见证着战后社会中所有的"无意义"。对三岛由纪夫来说，战争是一场奢侈的死亡和破灭的大宴，当成为战后民主社会的一员之后，所有男人都必须回归充满重负和虚伪的日常生活之中，在这里扮演着对女人充满爱欲的男人：美国兵与娼妇、住持游走于花街、柏木，玩弄着女人们的同时，淬炼着自己的"恶"等。金阁沉眠于战后的混乱，与整个无意义的社会有着一样的"空虚"。这是有为子和金阁于"我"直至世界的第二次反转，而这次关系的变化最终迎来了破灭的结局。

沟口在那天夜里被有为子嘲讽为"结巴"之后就一直诅咒她早点死掉，这一精神力的作用最终得到印证，甚至充斥着戏剧性——被所爱之人打死，这也是金阁的"烧毁预告"。数次阻挡沟口世俗之生的金阁包裹着少年，将他与鲜活却卑劣的"生"隔绝。面对着暴风中的古刹与波涛汹涌的日本海，沟口大声诅咒着，最后决定通过大火来征服君临于自己内心世界的金阁。从"极爱"到"极恨"，最终亲手毁灭，这是整个《金阁寺》故事情节反转的核心，也是三岛由纪夫设立的"爱"与"恨"拉扯极致后的结果。

有为子与金阁如同水中映物，对沟口来说都是同一种"外界"。站在主人公的角度，从"被拒绝"到"被接纳"，再到"被拒绝"，其中产生的两次反转是如此激烈，颠覆了少年原本就岌岌可危的精神世界。而当一切崩塌时，爱与恨的关系发生错乱，唯有迎接死亡与破灭的结局。

---

[1] [日]三岛由纪夫. 金阁寺[M]. 陈德文，译. 苏州：古吴轩出版社，2021：63.

二、"有为子即金阁"的生灭诸相

1. 插花师傅——圣洁者与堕落者

《金阁寺》里主要出现的女性角色除去有为子还有四位：插花师傅、妓女、房东姑娘和五番街的鞠子。每一位女性角色的出现都对主人公产生了巨大的影响，成为故事情节发展的巨大转折点。而有为子死后，每当沟口遇到活在卑俗却鲜活的"生"中的这些女性时，金阁的影子也会随之攀附而来，或是旁观，或是阻挠。在沟口的认知中，有为子作为金阁的具象化，即使肉身"死亡"，精神却和金阁一样不毁不灭，附着在这些女性身上。当其他女人出现在沟口面前时，他便产生有为子在眼前的幻觉。

插花师傅一共出现了两次，前后人物反差对比强烈，如同一面镜子，完全映射出沟口的心境变化。值得一提的是，主人公两次与插花师傅的见面都有第三者在场，第一次是体现少年"阳面"的鹤川，第二次则是以"恶"为武器的柏木。在善与恶的转化中，插花师傅作为有为子的分身，预示着沟口与金阁关系将失衡直至破裂。首次出现时，插花师傅通过沟口的偷窥视角得以呈现："青年美女端然而坐，白皙的侧脸宛若浮雕，我怀疑她是否是真的活人。"[1]沟口的怀疑不仅仅是因为她的美丽异于常人，或许此刻这位青年女性原本就是"亡灵"，即有为子的分身。而当少年目睹了女人用自己的乳汁为恋人送别的奇异场景时，他的感动"拒绝一切解释"，并且确定："没错，她的的确确是复活的有为子！"[2]而沟口确信的理由在于青年美女与有为子一样"拒绝世界"，这也是最初吸引主人公的地方。无论是战争期间不合时宜的衣着，还是与出征的士兵举行奇妙的诀别仪式，都充斥着对本原世界的"拒绝"，如圣洁者般无垢脱俗。

正如前叙，插花师傅既然是有为子的分身，那么必然还会背叛"我"

---

[1] [日] 三岛由纪夫. 金阁寺 [M]. 陈德文, 译. 苏州：古吴轩出版社, 2021：49.
[2] [日] 三岛由纪夫. 金阁寺 [M]. 陈德文, 译. 苏州：古吴轩出版社, 2021：51.

甚至"世界",仅仅成为委身于"爱欲"的女人。

> 此时,突然袭来的感动使我精神错乱。那次在南禅寺山门看到那人时,我身边有个鹤川。三年后的今天,那人又通过柏木的眼睛为媒介,将会再次出现于我的眼前。(中略)无疑,这个女人已经被柏木,亦即被一种思想玷污了。[1]

当日如人偶般精致的青年美女再次出现在少年面前时,仅仅依靠柏木所给予的"绝望"驱动着,从卓越的精神力堕为"物体"本身。而当女人再次将乳房呈现在少年的面前时,金阁也随之出现,阻隔了他与世俗的"生"。也正是这次金阁的介入,沟口下定决心摆脱美的束缚,摆脱有为子的"亡灵",并将金阁据为己有。

2. 妓女——谄媚世界的背叛者

与插花师傅不同,另外一名重要女性角色——下雪天与美国兵同行的妓女,则完全是有为子的反面。

> 我第一次觉得这个做皮肉生意的女子很美,这并非因为她长得像有为子。她倒像是被人一笔一画仔细斟酌着绘制的肖像,处处力求和有为子不一样。不知怎的,这幅肖像仿佛执意违背我对有为子的记忆,带有一种反叛的新鲜的美丽。[2]

如果说有为子拒绝并背叛世界,那么妓女则毫无疑问是谄媚于世界的。穿着猩红色外套的妓女倒在雪地中,美国兵命令少年踩她的肚子。沟口面对"恶"的邀请,一开始犹豫不决,实施后却狂喜不已,而金阁默默见证着一切。沟口实施暴力后的喜悦来自两个方面:第一个方面是始终被美甚至被外界拒绝的他首次近距离接触到了"别人的肉体",而且是异性的肉体,即使是通过这种暴力和扭曲的方式。也正是这次真正意义上实施

---

[1] [日]三岛由纪夫. 金阁寺 [M]. 陈德文,译. 苏州:古吴轩出版社,2021:145.
[2] [日]三岛由纪夫. 金阁寺 [M]. 陈德文,译. 苏州:古吴轩出版社,2021:74.

"恶"的体验，让沟口从委身于精神世界的"暴君"开始向现实世界迈出了步伐。第二个方面则需要考虑战后对沟口的意义。原本以为在战火中可以和金阁共享"毁灭"命运的沟口，却在战败后再次被内核虚无的金阁"拒绝"。妓女既是有为子的反面，也是此时金阁的对照，而沟口对妓女的暴行则是对"拒绝"的报复，也是对"谄媚世界"这一"背叛"行为的复仇。

3. 房东姑娘与鞠子——见证者与不在场证明者

房东姑娘与鞠子分别是沟口第一次直面的女性肉体和最终完成性行为的对象，同样与有为子乃至金阁有着千丝万缕的联系。通过柏木的介绍，沟口得到了与房东姑娘亲近的机会，苦恼于"美"之束缚的沟口想趁此机会彻底离开观念世界，将迄今为止被拒绝的"生"据为己有。但当沟口想做出行动时，金阁第一次挡在了他的人生和欲望之间。

> 就是这个时候，美的永恒的存在才真正阻滞我们的人生，毒害我们的生命。生命透过墙缝向我们闪现的瞬间的美，在这种毒害面前不堪一击，它会迅速崩溃、灭亡、将生命本身暴露在灭亡的褪色发白的光芒之下。[1]

在金阁的阻滞下，沟口面对着房东姑娘退缩了，这也意味着少年能够跨入"生"的机会被阻断了。而房东姑娘也对沟口的退缩投以白眼，和曾经见证他耻辱的有为子一样，因此沟口也诅咒房东姑娘早死，正如他曾经诅咒有为子那般。房东姑娘作为有为子的分身之一，见证了沟口被金阁之美阻断人生的"耻辱"，同样也和有为子一样，受到沟口"死"的诅咒。

最终决定烧掉金阁的沟口为了体验之前与女性没有完成的事，来到了五番街。他在寻找对象的时候，有为子一直出现在他的脑海中，却又因为有为子的不在使他安心，因为"有为子不在，找谁都可以"[2]。

---

[1] [日] 三岛由纪夫. 金阁寺 [M]. 陈德文, 译. 苏州: 古吴轩出版社, 2021: 125.
[2] [日] 三岛由纪夫. 金阁寺 [M]. 陈德文, 译. 苏州: 古吴轩出版社, 2021: 225.

沟口决心毁掉自己曾无比憧憬与沉溺过的美，毁掉金阁，这也意味着要抹去有为子最后的精神碎片，金阁与有为子本是一体，所以必须同时消失。而鞠子的特殊性便在于她的"不特殊"，她完全是沟口在丢掉"观念"这个工具后通过现实巧合遇到的、彻底属于外界的女人。与其说鞠子是有为子的分身，不如称其为有为子不在场的证明人更为合适。只有确定了有为子确实不存在，沟口才能和鞠子发生关系，甚至告诉她自己即将烧毁金阁的决心。

有为子在金刚殿渡廊上死去，她留下的精神碎片却附着在插花师傅、妓女、房东姑娘身上，见证并促使沟口在"美"的观念中上下沉浮，与金阁纠缠中释放出现实的自我。直到最后，当主人公决定毁掉一切时，美不再成为阻碍，少年的欲望终于可以接触到鲜活的现实。有为子此刻才真正离开了这个世界，所有的一切全部烟消云散，只剩下永不停止脚步的现实。

三、"有为子即金阁"的服饰——西装、和服与外套

有为子、插花师傅、妓女和鞠子出场时，服饰描写或一句带过，或浓墨重笔。三岛由纪夫笔下的这些女性形象作为金阁象征意义的剪影，都被赋予了厚重的精神隐喻。考虑到《金阁寺》中战后日本传统文化遭受以美国为首的西方文化冲击这一巨大的社会背景，人物服饰的安排必然包含了三岛由纪夫的文外之意。

有为子的第一次出场于拂晓时分，并没有关于其服装的描写，两个月后再次出现时，有为子穿着黑色的西服。黑色的西服有两层含义，除了预示有为子的死亡，"西服"本身作为外来文化的象征，意味着有为子的"背叛"。如前文所述，有为子的反转有两次：一次是通过出卖恋人，从拒绝世界到接受世界；第二次是向恋人通风报信，"又一次背叛了我，背叛

了我们"[1]，从接受世界转变为仅仅屈身于单纯的爱欲秩序。作为金阁具象的有为子，她的双重背叛及溺身爱欲是第二次世界大战后日本文化受到冲击后的体现，而在三岛由纪夫的眼中，在战后弥漫着无规则、无秩序与无道德的整个日本社会，必然面临受到诅咒后的毁灭。

插花师傅毋庸置疑是日本传统"和文化"最纯粹的象征。插花与和服的要素在她的两次出场中呈现剧烈的反差。沟口第一次和鹤川一起偷窥这位青年美女时，关于她华丽的和服描写占据了较大篇幅。

> 战争期间，穿着如此高级的长袖和服的女子根本看不到了。谁要是以这身打扮出门去，半道上定会受到谴责，非得折回家不可。因为这种长袖和服实在太华美了。（中略）夸张点儿说，连周围都被它映衬得熠熠生辉。[2]

战争期间如此华美的和服"根本看不到"，而且"定会遭到谴责"，不论是花纹、印花，还是腰带、丝线都华美得不真实，而水蓝、大红、金丝的颜色组合在战火中也如生命般热烈。沟口在感叹这份华丽的同时，也在怀疑并拒绝着。因为侵略战争中的日本传统文化面临着毁灭的危机，正如金阁寺本身，或许明天就会毁于空袭。但也正因破灭与死亡如影随形，此刻日本的传统美绽放出前所未有的绚烂，"连周围都被它映衬得熠熠生辉"。

战败后沟口内部的某种存在也随之崩塌，第二次出现的插花师傅充斥着幻灭与堕落感，完全变了质。插花仅仅成为谋生与情色的手段，柏木的"恶"从内部侵蚀着曾经的"美"，使一切变得粗俗与卑劣。虽然当年的梦境再次以真实的形式出现在沟口面前，却再也无法重现梦境中的美丽。

插花师傅的两次出场也映射了有为子的两次反转。她被柏木玩弄并抛弃，早已屈身于单纯的爱欲秩序，正如最后的有为子一般。在三岛由纪夫

---

[1] [日]三岛由纪夫. 金阁寺[M]. 陈德文，译. 苏州：古吴轩出版社，2021：15.
[2] [日]三岛由纪夫. 金阁寺[M]. 陈德文，译. 苏州：古吴轩出版社，2021：49.

第五章 三岛由纪夫《金阁寺》中生灭因缘的外现具象

的笔下，日本的传统文化在战后失去了光辉，成为委身于爱欲秩序或他者的劣品。

女性中妓女的服饰颜色反差最为强烈，在外部环境——雪天的白色衬托下，妓女的鲜红凸显出混乱与肮脏。

> 她穿着猩红的外套，脚指甲和手指甲都一律染得鲜红。外套衣裾摆动时，露出脏兮兮的毛巾质地的睡衣。[1]

妓女作为有为子的反面，其内核是"谄媚世界"。战败后的第一个冬天，沟口眼中献身于美国兵的妓女，其本质是日本传统文化谄媚于西方文化。猩红的外套与脏兮兮的睡衣这一搭配不合常规，充斥着混乱与肮脏。而接下来沟口踩踏妓女的情节成为整个故事发展的一个小高潮，这也是主人公首次将自己的暴虐展露在外，真正实施了"恶"。

> 女人仰面朝天地摔倒在雪地上，猩红的衣裾翻了过去，细白的大腿展现在了雪地上。[2]

这里的颜色——外套的猩红与雪的纯白对比实在太过强烈，在美国兵"温柔"的命令下沟口对妓女实施了暴行，而金阁此刻就矗立在美国兵的身后，沉默地注视着这一切，注视着所有混乱、肮脏和堕落。美轮美奂的金阁冷漠地拒绝世界上的一切丑陋和肮脏。

和插花师傅一样，五番街的鞠子也出现了两次。确定了有为子不在场之后，沟口选择了鞠子，有趣的是鞠子的穿着和那日的有为子一样，都是西服。而当沟口第二次去找鞠子时，她的穿着变成了和服。鞠子接纳了沟口的丑陋、口吃与贫穷，与鞠子发生关系的沟口也因此摆脱了金阁的精神桎梏，真正踏入了"生"。

沟口反复确认了有为子不在，最终他将自己的身心都坦露给了鞠子，

---

[1] [日] 三岛由纪夫. 金阁寺 [M]. 陈德文, 译. 苏州: 古吴轩出版社, 2021: 73-74.
[2] [日] 三岛由纪夫. 金阁寺 [M]. 陈德文, 译. 苏州: 古吴轩出版社, 2021: 76.

告诉她一个月内自己将会犯下的罪行。鞠子觉得不可置信,她狂笑着,苍蝇在她周围飞旋,然后停留在她的胸脯上。此刻穿着和服的鞠子在沟口眼中是"腐败"的存在,这与故事后半部分的插花师傅和妓女寓意相似。

四、"有为子即金阁"的生命创造

"孕育"作为女性的特权在文学中一直被赋予丰富的含义。对于女性本身,"怀孕"是女性生命创造意识的觉醒,同时也意味着对"创造"的本真体验。结合这部作品的社会背景,"女性的孕育"依然无法脱离"日本传统文化与西方文化碰撞"这一主题。

《金阁寺》中共有三位女性经历了"孕育"体验,分别是有为子、插花师傅和妓女。从结局来看,三位女性孕育的结果都是"无",即胎死腹中或者流产。由此不难推测三岛由纪夫安排这样结局的意图,借沟口之言呐喊出"战后对我来说绝不是终点""战后不过是诅咒"的三岛由纪夫绝对无法允许"生命创造"的成立,"夭折"才是他对堕落的日本传统及战后社会的"暴君"式宣泄。同时,从有为子与逃兵、插花师傅与奔赴战场的军官、妓女与美国兵的关系来看,女性的性对象也与战争本身甚至日美关系有着千丝万缕的联系。

三位女性中,有为子是唯一的母体连同胎儿一起死亡的个体。"孕育"作为女性蜕变的契机,创造生命的同时母体本身也获得重塑,是一种双重更生的行为。而倒于恋人枪击的有为子与腹中胎儿的"生"被同时斩断,经历多次与世界关系的反转后被所爱之人葬送,未能结出"果实"。有为子作为金阁的具象化体现,她的死与"无果"预示着主人公与金阁的关系和结局。

如前文所述,插花师傅和妓女可以理解为有为子的分身或精神碎片。沟口第一次看见插花师傅时战争仍未结束,她用乳汁混茶向士官告别,在沟口眼中简直是不可思议的奇迹。充盈的乳汁与丰腴的身躯,都说明此时的插花师傅作为母体是健全的。然而当战争结束,时过境迁,沟口竟然再次从柏木口中听到了她后来的遭遇：身怀死胎，军人战死。有为子因为横死，死胎与母体注定分离，可插花师傅原本健全的母体却注定无法诞下孩子，与有为子的"孕育"构成剧烈的反差。还有一层反差体现在插花师傅第二次出现在沟口面前时，由"奇迹"变成了"堕俗"。这也印证了沟口的"战后绝不是终点"，而是一切恶毒滋生的开始，同时也是所有"生命创造"的夭折。

妓女的胎死腹中更为怪异，是沟口踩踏导致的流产。原本一直站在旁观者角度目睹了有为子与插花师傅"孕育"结局的沟口却真正成为暴力与恶毒的实施者，成为断绝"生命创造"的破坏者。需要注意的是，沟口在踩踏时并未意识到妓女已怀孕，却在事后不断回味女人的腹部，"至今，我依然无法忘记那甜美的一瞬"[1]。令沟口感到甜美的一瞬，不难想象便是他一直思索的"恶"。原本只在内在世界中通过妄想进行裁决的暴君，现在却能够在现实中真正实施"恶"，想象中的暴虐快感得以实现。对沟口来说，这份甜美或许超过了追求虚无之"美"。

三岛由纪夫在所有美丽的东西中均能看到金阁的影子，有为子作为沟口无法企及的女神，自然而然成为金阁之美的具象体现。上总英郎认为女神构成三岛女性形象的中核，而有为子便是三岛由纪夫文学中的"女神"。

《金阁寺》是三岛由纪夫文学的象征，此作令三岛由纪夫实现了"思想与作品同时完成"[2]。以"对美的反感"为契机，构建了战后背景下背离者独特而危险的精神世界，同时贯穿于整部作品的"对美的追求"，最终在主人公亲手毁灭美以占有美的结局中落下了帷幕。三岛由纪夫提出了哲学思考——有为与无为之间的碰撞，身处因缘轮回中的凡人之躯能否碰触到不生不灭的永恒，答案也在主人公最后的放火行为中可见一斑。

毋庸置疑的是，《金阁寺》中的女性们不再是单纯的人物形象，她们成为主人公精神世界的外射，与金阁一起创建了一个怪异而扭曲的心象世

---

[1] [日] 三岛由纪夫. 金阁寺 [M]. 陈德文, 译. 苏州：古吴轩出版社, 2021：85.
[2] [日] 松本彻. 三岛由纪夫 エロスの劇 [M]. 東京：作品社, 2005：194.

界——对战后社会充满疏离感、违和感和丧失感的内心世界。有为子与金阁一样，拒绝世界又接受世界，最终再次背叛世界，成为委身于爱欲秩序的存在。在沟口眼中，有为子仿若具象化的金阁，阻滞着他的"生"。插花师傅、妓女、房东姑娘及鞠子则作为有为子的分身，在不同阶段刺激和引导着主人公对美的追寻，而沟口则通过烧掉金阁这一行为，完成了由理性毁灭到自我毁灭的升级，为"美与人生的对置"画上了句号。

　　三岛由纪夫在《金阁寺》中抛却了自己对女性蔑视与憎恶的认知外壳，借助女性鲜活而统一的灵肉，通过"美"的手术刀精准切割着蕴含其中的"有为之生"。也正是通过"女性"这一有机主体，三岛由纪夫目睹了生灭诸相中的圣洁堕落、背叛谄媚、妄识解脱，完成了"相有体无"的认识构图，同时也在这一过程中完成了对女性的认知重构。

下篇

东西方男权视角下
日本男性作家的女性观比较

第六章

东西方男权视角下的"夫弃"式悲剧

——森鸥外的《舞姬》与贾科莫·普契尼的《蝴蝶夫人》

《舞姬》和《蝴蝶夫人》均诞生于19世纪女性主义第一次浪潮期间，是典型的"夫弃"式悲剧：一厢情愿的女主角爱上了来自异国的男主角，在生育子女或者有身孕之后遭到男主角的抛弃。在东方和西方的作品中都出现过大量关于丈夫遗弃妻子的故事，这种现象体现出了根植在人类意识深处的父权情结。两位作者诞生在不同的文化背景之下，都受到集体无意识的影响，以类似的方式处理矛盾，导致"夫弃"式悲剧的产生，使得这样的悲剧具有了原型意义。

一、"夫弃"式悲剧

1. 东西方"夫弃"式悲剧

在东西方文学中，丈夫遗弃妻子的"夫弃"式悲剧始终是一个母题。在西方，类似的悲剧可以追溯到古希腊时期，欧里庇得斯的《美狄亚》讲述的就是美狄亚被伊阿宋抛弃的故事，此后出现了挪威作家易卜生的《群鬼》中的阿尔文太太，尤金·奥尼尔的《榆树下的欲望》中被伊班辜负的安娜；在东方，中国的《莺莺传》中有被张生抛弃的崔莺莺，《杜十娘怒沉百宝箱》中有赎身不久就被爱人转卖的杜十娘，而在日本则有《古事记》中被不信守诺言的丈夫抛弃的伊邪那美。虽然时代不同，文化历史背景迥异，但故事的核心内容是相同的：恋爱或婚姻关系中处于强势一方的男性出于各种原因抛弃了女性。从众多的文本中，我们可以归纳出这种悲剧的固定模式："这种（东西方'夫弃'）悲剧模式关注的是以男子为中心的社会所产生的男人对女人的遗弃，以及人们希望巩固男女两性关系的稳定形式的文化心理。人物关系设置：以爱情婚姻关系中的一男一女为主人公；情节组织方式：以遗弃为中心，以求爱，男女相悦—盟誓，男女结合—婚变，男弃女为过程；主要思想倾向：同情女子痴情守诚，谴责男子负心毁约。"[1]当特定的故事情节模式在不同民族、不同时代的文学作品中反复出现时，情节就变为母题；假如这种母题中凝结着人类的普遍情结，它便具有原型意义。这种原型服务于男权社会，强化男性在两性关系中的主导地位。

2.《舞姬》的情节分析

《舞姬》是森鸥外留学三部曲中最为有名的一部，其故事来源于他本人在德国的留学经历，因此该作品带有极强的自传性特征：日本学生太田丰太郎在公派留德期间接触到德国自由的风气，逐渐对自己国家陈腐的制度产生了不满。此时他与贫穷而美丽的舞女爱丽丝邂逅。爱丽丝因父亲去世无钱安葬而陷入困境，此时又受到剧院老板的威胁。丰太郎慷慨相助，两人开始了纯洁的交往。然而他和爱丽丝的交往受到了非议，消息传到了日本，丰太郎被免职，一家人的生活失去了经济来源。在这样困难的情况下，爱丽丝辞去了原来的工作，过上了完全依赖他的家庭生活。他和爱丽丝开始了同居生活，爱丽丝也怀上了孩子。最终，丰太郎为了自己的前途选择回国入仕，给爱丽丝和她的母亲留下了一笔钱，抛弃了深爱他的女人。在这个故事中，男主角为了自己的仕途放弃了爱丽丝。他对爱丽丝的感情并不是纯粹的爱情，这从丰太郎对相遇时爱丽丝的美貌和后面她因发疯而形销骨立的态度对比便可以看出，这种感情是建立在对爱丽丝美貌的

---

[1] 张新民. 从《雷雨》看东西方"夫弃"悲剧模式[J]. 河南师范大学学报（社哲版），2001（2）：79.

肤浅的欣赏上的。当爱丽丝失去了这一特质时,他的感情基础骤然消失,因此他只是给她留下一笔钱便回日本了。在情节的处理上,森鸥外巧妙地利用相泽兼吉这个角色来推动剧情,这种设计也衬托了男主角个性的懦弱。在天方伯爵和相泽兼吉的帮助下,丰太郎得到了回日本任职的机会,但条件是他必须放弃爱丽丝,不可调和的矛盾就此产生。虽然丰太郎一直瞒着爱丽丝,但她最后还是知道了丰太郎抛弃她的打算。她也因此精神失常,情节就此进入高潮。丰太郎有了抛弃爱丽丝的充足理由:他有自己的前途,而且爱丽丝已经疯了,不再美丽,失去了吸引力。在小说的最后,男主角虽然无法逃脱内心的悔恨,但他将矛头对准向他施以援手的相泽兼吉,将自身的行为最大程度地正当化:他是被迫的,抛弃爱丽丝并不是出于他的个人意愿,他是不得已而为之。男权在这里成了丰太郎的理性工具。

3.《蝴蝶夫人》的情节分析

《蝴蝶夫人》是意大利作曲家贾科莫·普契尼(Giacomo Puccini, 1858—1924)以美国作家约翰·卢瑟·郎(John Luther Long, 1861—1927)的短篇小说《蝴蝶夫人》和法国小说家皮埃尔·洛蒂(Pierre Loti, 1850—1923)的短篇小说《菊子夫人》为蓝本改编的歌剧。美国军官平克尔顿在来到日本长崎之后,在捐客的撮合下,与年仅15岁的艺伎巧巧桑相遇,抱着不负责任的态度与她结婚。婚后不久,平克尔顿留下"下一次知更鸟筑巢的时候就回来"的诺言,随着所属的舰队回了美国。怀孕的巧巧桑独自一人在长崎生下了孩子,在苦等爱人的三年中拒绝了媒人的提亲。三年后,平克尔顿终于重返日本,但在这个时候他已经和一位白人女性结婚,此番来日本只是为了要走巧巧桑生下的孩子。独守空房三年,等来背叛的巧巧桑答应了平克尔顿带走孩子的要求,自己却穿上婚服白无垢,在最美丽的时候自刎,结束了自己的生命。在这个故事中,平克尔顿自始至终都没有认真对待他与巧巧桑的这段婚姻,在婚姻登记官面前他也依然认为这只是一个可以随时解约的合同,他对巧巧桑只有强势的征服欲。他的观点不仅代表了他作为男性所持有的"女性理所当然只是男性的所有物，是附庸关系中低一级的存在"的观点，也体现了当时东方学中的普遍定式思维：东方女子和西方女子一样，是温顺、驯服的，渴望被西方男人爱恋。这里的巧巧桑不仅是女性，更是代表着西方人眼中的东方，是西方人自我构建的、脱离了实际的东方。《艺伎回忆录》等作品中关于这一点也有一定程度的体现。在平克尔顿的台词中，他不止一次提到，巧巧桑对他而言只是一个精巧的物件、美丽的花朵，是供他把赏玩味的蝴蝶。而巧巧桑对待这段婚姻的态度却是严肃的，她改变了信仰，害羞地说自己是"平克尔顿夫人"。二人态度的强烈对比贯穿了整个故事，也是悲剧的原因所在。最后，巧巧桑用匕首自刎，用生命来抵抗，蝴蝶倒在了血泊中，歌剧在这里落幕。

二、东西方的"家庭天使"

1. 东西方文学中的"家庭天使"角色

在西方文学中，"家庭天使"角色在古希腊神话、罗马史诗、《圣经》中都能找到原型，比如圣母玛利亚，她是神圣、贞洁、慈爱的集合体。这些经典对后世的文学创作产生了深远的影响，尤其是基督教中的女性观，认为女性来源于男性，女性应该具有服从的美德，这一观点几乎影响了整个西方文学对女性角色的塑造。《战争与和平》中的娜塔莎婚前是一个和爱丽丝、巧巧桑一样天真、可爱的少女，婚后却变成了一个全身心投入家庭的妇女，完全失去了自我；在《伊利亚特》中，赫克托耳死后，其妻子安德洛玛刻誓死不变节；在《奥德赛》中，珀涅罗珀的丈夫奥德修斯离家20年，杳无音信，在这样的不确定中，她依旧忠贞不二。这些女性外表美丽，品行高尚，忠贞不贰，她们的这种道德是建立在自我牺牲之上的。"在女性的精神记忆里，始终以'贤妻良母'作为一个价值判断基准来自律。这个精神记忆如同一个枷锁，牢牢地约束着女性。"[1]在这些作品中，她们缺乏自由意志，没有自己的精神世界，缺乏自己的声音，展现出来的是一个被压抑的、不完整的自我。"这种理想女性的标准，是男权文化用伦理道德和他的欲望相整合的、最恰当的一种完美的女人。完全是按照男性的心理需求来设置的，而不是按照女性自我的生命逻辑来设置的。"[2]通过自我压抑、自我牺牲，她们将外部世界男权文化的要求转化为自发的一种约束，生成了一种稳固的思维方式，她们"以父权文化机制中的女性价值观作为标尺，自觉地修整天性中与之不相吻合的部分，来重塑一个自己"[3]。通过文学作品描写"家庭天使"女性角色人格完整性的缺失和自我的压抑，女性在文化中成了他者，男权文化得到了巩固。

同样，东方文学中"家庭天使"形象也屡见不鲜。"以男性为中心的社会形成的传统观念认为，女人的天职便是做'贤妻良母'。"[4]在森鸥外的另一部作品《安井夫人》中，安井佐代将一生奉献给了丈夫安井息轩，过着朴素的生活；在华人女作家谭恩美的笔下，中国母亲也被看成男权社会中顺从的代表，《喜福会》中的映映就是一个恰当的例子。"自从童年起，映映就被告诉不能问太多的问题，'太多的问题……只需守规矩……'……很明显映映的妈妈想把她教成那个时代的'理想'女性。"[5]在东方，尤其是中国和日本都受到了儒家文化的深刻影响。自幼学习四书五经的森鸥外则更是系统地接受了孔孟之道的理论。"儒家的文明观是建基在对一切人性的冶铸和塑造上面，因而强调将礼教精神深深渗

---

[1] 黄芳. 论日本现代女性作家对肉体记忆与精神记忆的重塑[J]. 外国语文, 2017（5）：23.
[2] 杨晓莲. 西方文学中男权视角下的女性形象[J]. 重庆工学院学报, 2006（9）：145.
[3] 杨莉馨. 父权文化对女性的期待：试论西方文学中的"家庭天使"[J]. 南京师范大学学报, 1996（2）：81.
[4] 黄芳. 论日本现代女性作家对肉体记忆与精神记忆的重塑[J]. 外国语文, 2017（5）：20.
[5] 彭晓燕.《喜福会》中国母亲在男权社会和种族歧视下的他者形象[J]. 内蒙古师范大学学报, 2013（1）：46.

透到社会生活的各个层面。'三从四德'即是顺应了东方文明的最初要求，它在很大程度上维系了传统的家庭关系，形成了东方女性的家庭美德。"[1]在维护礼教的过程中，最有效的方法就是压抑人性和克制欲望，从而达到自我修养的提升，以迎合社会的要求。到了汉代，班昭的《女诫》更是将这种自我修养的要求系统化，也把对女性的自我克制正名化。儒家的这种价值观传到日本、韩国之后，都对社会产生了巨大的影响。元铜五年（712），元明天皇曾下诏表彰两位贵族节妇。由此观之，东方"家庭天使"的产生同样是男权社会对女性进行自我欲望压抑的结果。这种压抑成了女性的自觉，又在无意识中进一步促进了男权文化的发展。

东西方"家庭天使"的形象均是美貌、顺从而忠贞的，她们代表了在不同背景的男权文化下男性对女性的集体期待。

2.《舞姬》和《蝴蝶夫人》中高度编码的"家庭天使"形象

《舞姬》和《蝴蝶夫人》中的"家庭天使"也具有共同的形象：美貌、忠贞与顺从。

第一，美貌。"父权文化希冀于女人的第一个品质便是美貌。这种主流意识形态的审美规定性逐渐成为人类的常规文化心理，哺育和指导了一代又一代人的生活。"[2]在《舞姬》中，森鸥外用大量的笔墨描写了爱丽丝的外貌："她那泪光点点的长睫毛，覆盖着一双清澈如水、含愁似问的碧眼。不知怎的，她只这么一瞥，便穿透我的心底，矜持如我也不能不为所动。"[3]"她优雅美丽，如乳脂般洁白的肌肤在灯光映照之下略显微红。"[4]而《蝴蝶夫人》中的巧巧桑在平克尔顿的眼中似画屏上的女仙那么多情，又如一只蝴蝶展开双翅迅速飞起，再以优雅的姿势落下。在这种审美视角中，女性是被物化的，尤其是《蝴蝶夫人》中的巧巧桑，直接被

---

[1] 郭洪纪. 东方的家庭美德与性歧视［J］. 山西师范大学学报，2013（2）：68.
[2] 杨莉馨. 父权文化对女性的期待：试论西方文学中的"家庭天使"［J］. 南京师范大学学报，1996（2）：81.
[3] [日] 森鸥外. 日本文学全集4 森鸥外（一）［M］. 東京：集英社，1973：12.
[4] [日] 森鸥外. 日本文学全集4 森鸥外（一）［M］. 東京：集英社，1973：13.

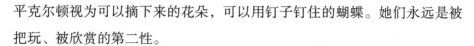

平克尔顿视为可以摘下来的花朵，可以用钉子钉住的蝴蝶。她们永远是被把玩、被欣赏的第二性。

第二，忠贞。太田丰太郎到俄国出差，爱丽丝苦苦思念，不断写信；在被抛弃、精神失常之后，爱丽丝仍然担心着爱人的身体，嚷着要他吃药。巧巧桑拒绝了富贵人家的求婚，苦等平克尔顿。这种忠贞在社会关系层面上反映了进入男权社会和私有制社会之后男性对女性的拥有权。在男权视角下婚姻的本质属性是一种忠贞契约、一种所属关系，而且很大程度上是以男性为主、单极化的所属关系。在男性视角下，女性的社会价值被否定，女性被排挤到了社会的边缘。

第三，顺从。爱丽丝和巧巧桑都没有经济来源，需要依附于男性生活。这就从物质角度确认了父权文化的权威。男性是物质财富的创造者，在社会阶层中占有优势；女性则承担生育和持家的职责。巧巧桑独自养育了孩子，甚至在平克尔顿要求带走孩子的时候也顺从地答应了。在拜见大臣时，爱丽丝甚至扶病起床，给太田找了一件雪白的衬衫，拿出保管精当的礼服，亲手为他系上领带，俨然是贤妻的角色。她们全身心奉献，服侍自己的爱人。这种顺从在本质上就是"家庭天使"的内在性，揭示了在男权文化的影响下女性的价值被局限在家庭生活中。她们的超越性被限制，女性永远成为他者。

"文艺所表现的内容是经过时间的过滤和心理积淀后的生活，是心灵化了的现实，创作不能割断与现实的联系……"[1]这两个文本中的角色灵感均来源于现实生活中的女性：森鸥外选材于自己的留学生活，普契尼取材的《菊子夫人》便是洛蒂根据自己的生活经历写成的日记体小说。这些角色在作家本人所处文化的影响下，进行文学加工之后，都可以被看作"皮格马利翁的少女"，她们成为男性对女性美好想象组合成的一个抽象的类型，被高度编码。当它在各国文学作品中多次出现，便出现了"家庭天

---

[1] 杨艳萍. 论荣格美学理论体系中的"集体无意识"[J]. 柳州师专学报，2009 (6)：30.

使"这个原型。这类"家庭天使"的女性原型体现了男人对女人的评价,女性直接服务于男性中心文化。文学又反作用于男权社会,两者相互促进,导致这一类"家庭天使"形象不断发展。随着各个时期社会道德、伦理观念的变迁,文学作品中的"家庭天使"形象在不同的历史时期也会有不同程度的差异,体现了男权制文化不同阶段的历史痕迹。因此,可以说这种具有普遍意义的"家庭天使"原始模型代表了男权社会中创作者的一种集体无意识。

三、"家庭天使"和"夫弃"式悲剧中的原型批判

原型(archetype)一词,最先来源于希腊语"archetypos",是荣格心理学在文艺理论中最重要的概念之一,它"作为人类的心理积淀,作为'无数同类经验的心理凝结物'(荣格),可以是神话也可以是某种反复出现的意象、母题、人物类型或结构模式"[1]。荣格认为,艺术家的创作并不是自由的,而是不可避免地受到了来自外部世界精神驱力的影响,这种驱力即创作者所属的文化沉淀下来的一种集体心理,荣格将其称为集体无意识,是原型批评的核心概念。原型是相同文化中无数个体相似经验的产物,"(神话)总是象征性地投射出人类的某种共同的心理内涵,而原型作为一种共同性的和反复出现的行为与心理的形式,必然会体现出某种超个体、超地区的心理内涵"[2]。创作的过程,就是艺术家通过对原型的模仿,将集体无意识外化的过程。

在人物塑造方面,《舞姬》和《蝴蝶夫人》中同样的"家庭天使"原型在结构类似的故事里被外化。外化的结果就是被显露出来的、积淀在文化中的女性的"肉体记忆"和"精神记忆"。女性的肉体记忆是"生儿育

---

[1] 刘思谦. "原型批评的理论与实践"笔谈:原型批评与集体无意识与性别[J]. 中州学刊, 2001(3):109.

[2] 刘思谦. "原型批评的理论与实践"笔谈:原型批评与集体无意识与性别[J]. 中州学刊, 2001(3):109.

女"，女性的精神记忆便是做"贤妻良母"。巧巧桑任劳任怨地独自养育孩子，爱丽丝一针一线地精心缝制婴儿衣服的情节描写体现出女性对生儿育女的肉体记忆已经被固化。女性的肉体记忆和精神记忆是男权社会强行灌输给女性的。两部作品的作者均为男性，他们是男权社会的代表，掌握着话语权。女性的"家庭角色"在文学作品中的边缘化、他者化的过程，就是在男权社会集体无意识中男性对女性形象的外在强化，而这个过程也是女性对于自己社会角色的自我认同强化。于是，这种男权文化的集体无意识导致女性进行自觉改造、自我压抑，最后也成为女性的一种集体无意识，这种女性的集体无意识便是女性的肉体和精神的双重记忆。

但是，艺术家作为本民族、本国文化集体无意识代言人的同时也是一个个体。所以，作家的创作也是他们对原型的个性化激活。在《舞姬》和《蝴蝶夫人》中，由于东西方的文化差异，同样身为"家庭天使"的两位女性在面临自己悲剧的时候选择了不同的方式来处理矛盾。在西方文化中，人们"倾向于把世界看成是在诸对立范畴激烈斗争中否定地发展的世界，比较注重分别与对抗，这样一种文化精神反映至审美，便形成崇尚冲突，以冲突为美的审美观，这种以冲突为美的艺术观在最长于表现冲突的艺术——悲剧中得到落实和体现"[1]。而在东方的哲学中，尤其是在中、日、韩三国，由于受到中庸之道的影响，人们倾向于用更加温和的方式进行抗争。因此，在西方人的描绘中，巧巧桑选择了最为激烈的一种抵抗方式——用生命的结束来面对悲剧。反观爱丽丝，在森鸥外的笔下，她在被抛弃之后自始至终只是"无法接受"，并没有用更加极端、激烈的方式来抵抗。

东西方"夫弃"式悲剧因为文化差异会在某种程度上表现出不同的状态，但是同样在男权文化影响下的作品传递的核心是一样的。它们表现的都是在不对等的关系中女性被男性抛弃的悲剧。这样的作品在历史中层出

---

[1] 张新民. 从《雷雨》看东西方"夫弃"悲剧模式 [J]. 河南师范大学学报，2001 (2)：80.

不穷。由此看来，艺术家在对原型进行个性化的激活过程中触碰到了人类最深层的共性。作家在创作过程中受到集体无意识的影响，通过加工原型，这种具有社会性继承的观念不断得到强化，持续地构造了读者的经验感情，最终使其成为集体无意识的一部分。两者相互渗透，代表了心理学和文学对彼此的影响。因而，带上作家个人色彩的艺术作品超越了偶然性和暂时性，具有了永恒和不朽的意义。

第七章

以象征符号似的叙事诉说现实与幻觉

——森鸥外的《雁》与余华的《文城》

追求自我觉醒与情感解放的女性的主题一直是近代各国文学的焦点，这类女性形象不仅在女性作家笔下熠熠生辉，而且在男性作家的作品中也有所展现。森鸥外和余华分别是日本近代与中国当代文坛名家，从《雁》和《文城》中便可窥探两位作家对这一主题的思考。两部作品在描写女性形象时都有意置换了叙事语调，在保留作为凝视主体的男性视角的同时突破其限制，通过女主人公传达女性声音。两部作品描写的故事均发生于19世纪末20世纪初，《雁》中的小玉和《文城》中的小美都是贫苦人家的姑娘，她们被视作他者进而遭到边缘化、物品化，其自我均呈现出"丧失—挣扎—破灭"的规律性。小玉和小美置身于他者境遇中相似又不同的苦难深重的人生及复杂矛盾的自我赋予了两人象征符号般的命运，诉说着日本和中国近代社会女性的现实境遇和幻觉。

小玉和小美面临苦难和困境的最直接原因是指向自我的，正因为存在自我的挣扎，才有悲剧的诞生。小玉和小美置身于他者的境遇中，作为附属品受到支配，在两人的成长阶段被周遭当作他者凝视，在这个过程中两人都失去了自我，成为"艺妓小妾"和"贤妻良母"幻觉的现实载体。在各自的人生轨迹中，受到他者化的二人在他者环境的挣扎中觉醒了，具有了自我意识，但那终究不是完整的自我，最终两人在残酷的现实中再次失去了自我。在现实的压迫下，二人的自我如同泡沫转瞬即逝，成为镜花水月般的幻觉。

小玉和小美的自我纠葛充斥着她们的一生，同时也作为《雁》和《文城》的核心贯穿整个故事。森鸥外和余华在叙述过程中以大量的具象形成抽象的意象，这些意象不仅推动着故事发展，也暗示着两位女主人公的自我定位及命运走向。

一、门窗与衣裳——于他者境遇中丧失的自我

研究文学中的精神活动应涉及两个方面：一是无意识和本能，二是形成自我的家庭、个人经历和社会。[1]

《雁》中森鸥外对小玉父女与末造初次见面的场景做了细腻的刻画："老爷子正猫着腰，在拐角靠墙那里磨蹭，站在他身后的便是小玉，没一点胆怯的样子，好奇地东张西望。"[2]相对于畏畏缩缩的父亲，小玉显现出冷静恬淡的姿态，从中足以窥探到小玉拥有本能之下无意识的自我。小玉虽然家境困顿，但正如文中所说："这姑娘和这份人家很不相称，总是干净利落、穿着整洁。"[3]由此可见，在他人眼中，尽管小玉的出身及家世让人同情，但她依然保持着淳朴善良的本性。无论是从"新梳好的银杏发髻""薄得像蝉的羽翅的两鬓"中流露出的爱美之心，还是从她对巡警、末造、冈田寄予的爱情期待，都是其向往美好、追求幸福的本我的具现。在本我的指引下，小玉是单纯的，并追求着最原始的快乐。

然而处于他者境遇中的小玉，其本我所遵循的快乐从最初便遭到了扭曲。小玉在4岁时患上了全江户流行的麻疹，就连医生都不给瞧病，是父亲放下一切买卖，倾家荡产救活了她。他甚至罕见地送小玉去上了小学，要知道在明治初期，女性的入学率非常低，大约只有两成的女性上过小

---

[1] [美] 迈克尔·莱恩. 文学作品的多重解读[M]. 赵炎秋, 译. 北京：北京大学出版社，2006：43.
[2] [日] 森鸥外. 森鸥外精选集[M]. 高慧勤, 等译. 北京：北京燕山出版社，2010：351.
[3] [日] 森鸥外. 森鸥外精选集[M]. 高慧勤, 等译. 北京：北京燕山出版社，2010：343.

学,从中能感受到父亲对小玉的爱之深切。但过于深切的爱往往也会令人窒息。正因为这份深沉的情感,懂事的小玉将父亲所做的一切看在眼里,想要报答父亲,但小玉和父亲之间也形成了病态般的依存关系。小玉追求的不是自己的快乐,而是从父亲的快乐中获得快乐。为了父亲,小玉能够牺牲自己的一切,从这时起她便在一定程度上消解了自我。

父亲虽然让小玉上了学,但最终小玉连信都无法写一封。相比于让小玉学习到能够自由地写信,受到封建传统思想影响的父亲选择了让她学习三味线,本应如一块璞玉的她也在此时被父亲雕琢为艺妓的模样,引来了巡警和末造的觊觎。

通过高利贷发迹的末造是"近代资本主义社会象征般的存在"[1],有着二元对立的女性观。对自己的妻子阿常,末造感到发自内心的厌烦,与美丽、可怜的小玉相比,他眼中的阿常滑稽且丑陋,然而即便被小玉迷得神魂颠倒,他也从未想过离婚,他对阿常说的"没有你才糟糕呢。就算光照顾孩子,你也是挑大梁唱主角呀"[2]也并非谎言。对他来说,妻子是家庭中为了养育孩子必不可缺的存在,当然最重要的还是能够继承家业的孩子,而非妻子。在他眼里,教育孩子、打理家事是妻子应尽的义务,他在妻子身上追求着其作为传宗接代工具的"生育的性",即母性。而小玉则不同,既因她隐约流露出的艺妓气质,又因她那毫不装腔作势、天真无邪的一举一动,小玉"就像看水盘里那清水一样,没有他看不到的"[3]。"小玉说话和举止是那么妩媚,真叫他越看越爱。"[4]他十分享受与小玉相处中获得的掌控感和满足感。温顺又美丽的小玉对他来说是再好不过的玩具,但他不会为了小玉牺牲自己家庭的利益,末造在小玉身上追求的自始至终都是她能够满足男人欲望的"客体的性",即娼妇性。从

---

[1] [日]酒井敏.『雁』論—末造と岡田の造型をめぐって[J].早稻田大学大学院文学研究科紀要,1986(1):56.
[2] [日]森鸥外.森鸥外精选集[M].高慧勤,等译.北京:北京燕山出版社,2010:372.
[3] [日]森鸥外.森鸥外精选集[M].高慧勤,等译.北京:北京燕山出版社,2010:359.
[4] [日]森鸥外.森鸥外精选集[M].高慧勤,等译.北京:北京燕山出版社,2010:353.

阿常和小玉显而易见的对比中可以看出，末造将阿常划为"妻/母亲"的女性，将小玉定义为"妾/娼妇"的女性，主体性强烈的末造将阿常和小玉都视作他者，剥夺了她们的自我。

小说中第一次提及小玉是在"我"对冈田的回忆中，"我"与冈田将她称作"窗内女人"。在介绍小玉时，对她现在的住所有这样的描写："冷天，纸窗关着；热天，遮着竹帘。因为裁缝家热热闹闹的，这份人家便显得格外的冷清。"[1]此时小玉已经被末造纳为小妾，因为末造做高利贷生意，小玉又是小妾，所以小玉不方便随意外出走动。一年四季都紧闭的门窗既暗示了小玉被困于无缘坂的房屋之中，更象征着小玉因绝望而紧锁的心灵和在他者境遇中丧失的自我。

在末造与小玉相识时，他对小玉之前的住所也有这样的观察："阴沟盖总是坏的那附近，有座暗黢黢的房子，门常年半掩着。"[2]这常年半掩着的门好似父亲的庇佑，虽有爱却没有足够的能力和远见保护女儿，因此只能是"半掩"，不仅挡不住巡警和末造的欺骗，还遮住了能够照射进来的阳光。小玉无法独立接触现实，在父亲的影响下她深受旧时代封建思想的荼毒，分不清自我和他者的界限，自我被门窗紧锁。

无论是和父亲一起居住的房屋，还是末造安排的房屋，小玉的门窗总是掩盖着，室内也总是冷冷清清的。小玉首先是父亲的所有物，而后又成为末造的所有物，父亲和末造既是小玉生活上的依靠，又束缚小玉的自我解放，她的自我只能被关在紧闭的门窗之中，在黑暗的房间里消散。

幼年时的小美曾是十分有灵性的丫头，她长相乖巧，性格活泼，在本能的指引下，她对新鲜的事物充满好奇，对美好的事物满眼向往，一举一动都体现着她无意识下的自我。小美尤其喜欢那件蓝印花布衣裳，她"红彤彤的脸上挂满笑容，她的幸福不是因为自己成为新娘子，是因为第一次

---

[1] [日] 森鸥外. 森鸥外精选集 [M]. 高慧勤, 等译. 北京：北京燕山出版社, 2010：340.
[2] [日] 森鸥外. 森鸥外精选集 [M]. 高慧勤, 等译. 北京：北京燕山出版社, 2010：343.

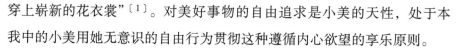

穿上崭新的花衣裳"[1]。对美好事物的自由追求是小美的天性，处于本我中的小美用她无意识的自由行为贯彻这种遵循内心欲望的享乐原则。

很快小美被送到了沈家。第一天，婆婆对穿上花衣裳的小美深感欣慰，但她始终不喜欢小美过于活跃的心思。在10岁成为沈家的童养媳后，小美开始了在沈家寄人篱下的家庭生活，她的天性长期处于压迫与束缚之中无法释放，久而久之，她势必会对自我意识产生扭曲的认识。此时处于本我阶段的小美想释放天性却困难重重，充满他者的孤独感，自我也在他者的境遇中受到压迫。

从封建习俗来讲，女性必须遵从于夫家。在溪镇，童养媳被婆婆虐待的事件屡见不鲜，打骂体罚可谓司空见惯。小美的婆婆更是一个典型的封建大家长式的人物，在家中独断专行，头脑僵化，言行教条，以"妇有七去"的封建伦理约束着小美，并以其自定的含义解读这些教条，随时能够以违反教条为由休掉儿媳妇。她认为穿花衣裳这一追求美的行为是"淫"，儿媳接济亲弟弟的行为是"偷盗"，并以这些本是合理却被她擅自定义为不合理的事情为由两次开出休书。在小美接济弟弟后，婆婆本打算雷声大雨点小地让小美回西里村两个月作为惩戒，只因阿强和公公说了一句"何必如此"，因遭到质疑而被激怒的她便坚决要休掉小美，可见婆婆在沈氏家族中具有绝对的权威，且无人能够撼动她的地位。面对婆婆的支配，阿强和公公只能妥协，没有话语权的小美自然更不具备反抗能力，只能被迫接受不公的处罚。在婆婆认定的一系列封建思想之下，小美被迫与天性背道而驰，自我的独立意识与个体意识始终受到压迫。

在小说中，余华多次提到那件花衣裳，小美对花衣裳的执念象征着她的自我意识，而婆婆则代表着封建思想对女性的压迫。最初穿上花衣裳的小美沉浸在快乐和喜悦中，这时的她快乐活泼、天真美丽。而在进入沈家的第二天，花衣裳被婆婆压箱底收藏，再也不能随便穿出，这时候的小美

---

[1] 余华. 文城[M]. 北京：北京十月文艺出版社，2021：242.

带着失望但仍抱有希望,她在沈家谨小慎微,尽心服侍,期待穿上花衣裳的机会再次来临。对花衣裳念念不忘的她带着胆怯与渴望,趁着公婆外出偷偷穿,那时阿强看到她的眼中闪过"金子般的颜色"。直到某一天事情彻底败露,10岁的女孩小美伸展双臂做出一系列天真烂漫的动作,但在婆婆看来都是淫荡的举止。就这样小美被婆婆冠以"淫"的罪名差点休掉,从此以后她再也没有打开过那个装有花衣裳的衣柜。"这个衣橱在此后的日子里让小美感到如坟墓那样阴沉,曾经令她朝思暮想的花衣裳已经埋葬在这个坟墓里了。"〔1〕直到第二年,婆婆让小美穿上她心爱的花衣裳,从她的眼皮底下走过去,走到众目睽睽的街上。但是衣裳已经短了,此时小美的眼睛里再也没有"金子般的颜色了"。

对美好事物的向往被一次次破坏后,小美眼中的金色逐渐消失,眼中留下的是失望和无助。种种事情冲击着她幼小的心灵,摧毁了她的自我意识。当被允许穿着花衣裳时,她已经失去了对花衣裳的喜悦和追求,成为婆婆希望她成为的"贤妻良母"式的管家机器。花衣裳的逐渐远离也象征着小美自我意识的逐渐远离,她最终顺从了封建社会的伦理规范,在他者的境遇中丧失了最初的自我。

小玉和小美的一生都没有摆脱他者的束缚,在强势的男性文化主体的包围下,他者境遇成了她们成长的起点。她们怀抱着对自由和幸福的向往,却在他者境遇中被消解了自我,紧闭的门窗和逝去的衣裳揭示了二人难以解放的自我,以及自我受到压抑、剥夺的残忍现实。

二、红雀与道路——于美好向往中挣扎的自我

成为末造的小妾后,小玉和父亲在末造的安排下各自搬到了无缘坂和池之端,这也是20年来父亲第一次消失在小玉的世界。刚搬到无缘坂时,小玉感到很不适应,只因她需要某个人来作为自己的依赖。小玉心中寻求

---

〔1〕 余华. 文城[M]. 北京:北京十月文艺出版社,2021:250.

依赖的缘由是在和父亲相依为命的生活中形成的习惯,同时也暗含了她内心深处对自由和幸福的向往,她渴望有一个可靠的人托付终身。这个依赖从前是父亲,现在变成了末造。即便她清楚自己只是末造的小妾,到了傍晚,她还是"心里开始惦着老爷早点来,等她意识到,自己也觉得好笑"[1]。"现在不知老爸过得怎样,很想去看望。可是,老爸天天来,自己不在家怕惹他不高兴。"[2] 可见尽管她仍然惦记着父亲,却默默将末造放到了首位,这也正中末造的下怀,此刻她从父亲的附属物成为末造的附属物,受到末造的支配。

然而纸终究包不住火,很快在一次派使女去买鱼却遭到羞辱的事件中,小玉得知了末造在做高利贷生意,方才意识到再次受骗。幻想破灭的她心中像团乱麻,终于忍不住流出眼泪,她听到心中"好窝心啊"的呐喊。然而,小玉的窝心却"缺少愤世嫉俗的意味"。由于深受父亲封建思想的影响,起初小玉秉持着"既嫁从夫"的态度,丝毫未有觉醒和反抗意识,面对不公只会默默认命。"认命是她时常乞灵的心理告慰,她的精神,只要向这方面一靠,就如同机械上了油,滑溜顺畅地转动起来。"[3] 然而在面对末造的欺骗时,她往常的那份伴随着窝心之痛的认命思想有了些许变化。也许是离开父亲后她不得不独立思考,她获得了一定程度的思想自由,抑或是她已经不是第一次受骗,这时窝心之痛"虽经'时间'的啃啮,磨去了棱角,被'认命'之水冲褪了颜色,现在重又以鲜明的轮廓、强烈的色彩,在小玉的心中浮现出来"[4]。她不明白为何自己没做坏事却要忍受这般委屈,在认清末造无法成为依靠后,她想起了父亲这个唯一的依靠,想要将这股悔恨之意向父亲倾诉。从此时小玉的悔恨之意中已经能隐约察觉到,她虽然没有反抗,却也没有完全选择认命,但她已经不再

---

[1] [日]森鸥外. 森鸥外精选集[M]. 高慧勤,等译. 北京:北京燕山出版社,2010:353-354.
[2] [日]森鸥外. 森鸥外精选集[M]. 高慧勤,等译. 北京:北京燕山出版社,2010:356.
[3] [日]森鸥外. 森鸥外精选集[M]. 高慧勤,等译. 北京:北京燕山出版社,2010:358.
[4] [日]森鸥外. 森鸥外精选集[M]. 高慧勤,等译. 北京:北京燕山出版社,2010:358.

是那个只会屈服于命运的女孩了。

第二天小玉见到父亲时，明明两人在亲热地说话，她却感受到自己和父亲之间"笼罩着一层阴影，氤氲着悲哀的情味"[1]。她向父亲旁敲侧击地暗示自己对末造的不信任，父亲察觉到了这一点，但他仍然继续给女儿灌输封建的愚善思想。他自顾自地说着："我这一辈子，一向受人欺侮，给当成傻瓜。不过，被骗总比骗人要心安理得。不论做什么事，都不能昧良心……"[2]对此，小玉直接表示："话又说回来，这些日子我思前想后，实在不想再上当受骗了。我不撒谎，不骗人，反过来，也不想受人骗。"[3]小玉第一次有了不同于父亲的想法。

小玉本想着将心里的苦水向父亲吐露，但在看到父亲安稳度日的现状和与自己想法有分歧时，她最终选择了独自承受这份痛楚，没有向他透露末造的秘密。与以往不同，这个选择既是为了父亲的安稳生活，也是为了她自己的自由和幸福。小玉走出家门后，想着与其让父亲发愁，不如让自己刚强些、硬气些，她在此刻发觉"一直沉睡在心底的什么东西觉醒了过来，觉得自己一向依赖人，想不到能够独立了"[4]。这正是小玉初步萌发的自我意识。小玉平生只知依靠别人，此时她既不想依靠父亲，也不想依靠末造，而是决意要自强自立。

自此以后小玉对待末造便不再像原来那么单纯了，甚至学会了敷衍。她开始静静地审视自己的一言一行，不再像从前一般心无芥蒂、真心相待。末造对她越好，她的心就离末造越远。虽然她生活上仍然需要末造的照顾，但她不认为这值得感谢，也没有为此感到愧疚。对于小玉心态的转变，原文通过一段内心的独白这样描述："自己固然没受过教育，身无一技之长，但是，变成末造的玩物，终究心有不甘。"[5]于是，自我觉醒的

---

[1] [日]森鸥外. 森鸥外精选集[M]. 高慧勤，等译. 北京：北京燕山出版社，2010：362.
[2] [日]森鸥外. 森鸥外精选集[M]. 高慧勤，等译. 北京：北京燕山出版社，2010：363.
[3] [日]森鸥外. 森鸥外精选集[M]. 高慧勤，等译. 北京：北京燕山出版社，2010：363.
[4] [日]森鸥外. 森鸥外精选集[M]. 高慧勤，等译. 北京：北京燕山出版社，2010：364.
[5] [日]森鸥外. 森鸥外精选集[M]. 高慧勤，等译. 北京：北京燕山出版社，2010：377.

小玉最终选择遵循那颗追求美好与自由的本心。看着窗外来来往往的学生，她心里想道："难道其中就没个可靠的人，能把自己从眼前的境遇中救出去吗？"[1]这时经常从她窗前走过的冈田引起了小玉的注意。冈田是医学院的大学生，他态度随和，风度翩翩，令小玉心生爱慕。某天，小玉不由自主地对路过的冈田莞尔一笑，没想到冈田摘下了帽子向她点头，这更让小玉春心萌动，仿佛她和冈田的交往进入了一个"新的时代"，但不知道他姓甚名谁的小玉只能将这份感情默默藏在心底。

就在这时，一笼红雀成为小玉和冈田相识的契机。那是末造与妻子吵架后心中想着小玉、为了讨好小玉买的一对红雀。红雀活泼可爱，颜色艳丽，正如年轻俏丽的小玉一般，给末造枯燥的生活注入了新鲜的活力。末造怎么也没有想到这两只红雀成为小玉与冈田交谈的机缘，为两人的感情升温创造了条件。被小玉挂在窗口的鸟笼引来了一条大蛇，其中一只红雀已经被蛇衔在嘴里奄奄一息，这时冈田过来赶走了蛇。经过打蛇救雀一事后，小玉对冈田的感情逐渐炙热，甚至希望对方能够把自己从痛苦中解救出来。

一只红雀已死在蛇的口中，象征着从前那个向现实妥协、生活在他者命运中的小玉已死；另一只被冈田解救、扑腾着翅膀在蛇嘴中存活下来的红雀象征着小玉因对自由恋爱的向往而觉醒的自我意识。在爱情的驱使下小玉变得魅惑且放荡，末造还以为是自己让小玉懂得了风月，浑然不知被小玉的放荡迷住的他在这段关系中已不再是绝对的掌控者了。

小玉"意外独立的心情"是从父亲身上获得的觉醒之物，而"初次独立的心情"是从末造身上获得的觉醒之物，小玉既被二人消解了自我，又在由二人赋予的他者体验中挣扎、反抗，实现了内省式的自我觉醒，并开始勇敢追求自己的幸福。小玉由最初屈从于身世和命运转变为积极追求幸福，对于幸福的内涵理解也逐渐明晰化，这种转变本身正象征着小玉在

---

[1] [日]森鸥外. 森鸥外精选集[M]. 高慧勤，等译. 北京：北京燕山出版社，2010：377.

自省中实现的内心蜕变。如同那只劫后余生的红雀一般，向往自由天空的小玉实现了自省式的自我觉醒。

身为童养媳的小美在沈家的生活丝毫没有自由可言，她因"淫"而被责罚，因"偷窃"而被休。如果说花衣裳象征着小美在他者境遇中丧失的自我，那么小说中多次出现的道路则象征着她在压迫中对自我的追寻。

经历了花衣裳事件的惩罚后，小美眼里金子般颜色的黯淡意味着她的自我的褪去。此后，她不苟言笑，勤俭持家，唯唯诺诺地做婆婆需要的管家，不敢有任何出格的想法。直到婚后第三年的冬天，一个衣衫褴褛的男子站到了沈家铺子前的道路上。起初做着织布活的小美以为那是一个叫花子，在他开口后才发觉是她最小的弟弟，弟弟因弄丢了卖猪所得的铜钱不敢回家，所以来到了这里。尽管这个8年未见的弟弟对小美来说是那么陌生，但她还是选择用沈家的铜钱来接济弟弟。其实身为男性的弟弟就算丢了铜钱会被父母责骂，也不会被丢弃，但身为童养媳的她私自动用家中的钱财则一定会被抛弃。小心翼翼、聪慧机敏的小美明知如此，但出于其善良的秉性，甚至可以说是被自我"冲昏了头脑"，她下意识地做出了这一抉择。尽管望着弟弟远去的身影时，她立刻因后悔而不寒而栗，但不得不承认弟弟的出现促使小美做出了7年来首次基于自我意识的决定，成为其追寻自我的契机。

铜钱事件很快被婆婆发现，小美受到了婆婆的处置。年幼时小美偷偷穿花衣裳的行为已经让婆婆萌生休退之意，在这次"偷窃"行为中，婆婆因丈夫和儿子都护着小美让她感到权威受到了挑战，她终于在盛怒之下休掉了小美。在溪镇，休妻时有一项习俗，亦即三人走上大路，婆媳各走南北，让儿子选择跟谁而去。百善孝为先，男人最终都会跟着母亲而去。在一个阴沉的早晨，三个沉默的人走上了大路，小美在道路的南北两端交会的路口选择朝自己的家乡西里村北去。勇敢地北去是小美自我的短暂回归，因为在回家的路上她想到自己之后的命运时忍不住潸然泪下。她的自我宛如临走收拾物品时看到的那件花衣裳一样，她本欲伸手将柜子里的花衣裳取出带走，可是花衣裳让她感到心酸，最终她重新将它放了回去。原本她有重新找回自我的机会，但她挣扎着关上了柜门，亲手放下了象征美好与自由的花衣裳。

被休回家3个月后，阿强来到了西里村寻找小美。两人不是返回溪镇的沈家，而是私奔前往上海。在启程的路上，小美看到了美好生活的希望。小美回想起10岁那年第一次离开西里村，她抓着父亲的衣角走在溪镇的街道上时，东张西望的眼睛里闪耀出金子般明亮的颜色。这是8年前的颜色，如今她跟随阿强远走他乡，金子般明亮的颜色重返她的眼睛。面对上海的新奇事物，她"如同笼中之鸟飞上天空之后，喜悦的翅膀不停扇动"[1]，并与阿强度过了一段美好的时光。然而快乐总是转瞬即逝，私奔的二人因银两不够而陷入了困境，小美眼中那自离开西里村时就一直闪耀着金子般的颜色也随之消逝。她本以为在上海的生活能一直持续下去，但残酷的现实告诉她那不过是幻觉。她明知往后的日子必定漂泊不定，但仍坚持不惜卖身也要养活阿强。最终，阿强决定带着小美北上去往京城投靠姨父，在北上的途中，阿强、小美二人与林祥福相遇，他们谎称是兄妹，并在林祥福家借住。逗留期间，阿强吞吞吐吐地让小美留下来，并向小美保证林祥福是个好人，暗示小美之后的道路。小美却安静地问他："你在哪里等我？"关于这个问题，阿强没有回答。相比于小美卖身也要和阿强相依为命的不离不弃，阿强轻易地抛弃了小美。

一路上小美经历了数次的自我挣扎，她虽然做出了自己的决定，但无论是回家还是私奔，都不是自己的主动选择，更多的是在自我挣扎中的被动妥协。小美看似能够拥有自我，实际上并没有被赋予选择权，只能听从他者的安排。可以说在与林祥福相遇之前，小美的人生道路都是被安排好的，被亲生父母送去做童养媳，被婆婆按照自己的意愿塑造，被丈夫送给另一个男人，其中充满了太多的"被"字。而与林祥福的相处是小美地位

---

[1] 余华. 文城[M]. 北京：北京十月文艺出版社，2021：278.

转换的关键节点,更是小美自我觉醒的契机。林祥福是黄河北边一户富裕人家之子,父亲是乡里唯一的秀才,母亲是邻县的一位举人之女。在父母的教育下,他饱读诗书,吃苦耐劳。对待佣人,他亲手做棺材为他们因意外去世的父亲送终;对待女性,他不将其看作贤妻良母式的工具而是拥有自我的个体。小美感受到林祥福是一个"与阿强绝然不同"[1]的男人,他就像北方的土地般强壮有力、心地善良。在初识小美的第一晚,林祥福便十分喜欢这个相貌清秀的女子。在之后的相处中,秀丽出挑、内敛贤淑的小美很快俘获了他的心,温柔贤惠的小美完全符合他对女性和家庭生活的幻想,他从她身上感受到了逝去母亲的身影。而在与林祥福的相处中,小美也终于获得了她长期以来向往的美好、自由的爱情,这对小美来说弥足珍贵。来自林祥福的尊重和在家庭中受到的关爱让小美找回了丢失已久的自我,并迅速成了"林家的妻子"。林祥福令她感到心安,不知不觉中她和林祥福已经成为彼此不可或缺的存在。

小美与阿强之间是畸形的童养媳关系,而和林祥福的感情是在平凡的相处中产生的爱情。在和阿强的房帐之中,小美没有性的愉悦,丈夫匆匆扒掉衣服、匆匆爬到身上、匆匆进入身体的三个"匆匆"表明了阿强的急不可耐和小美的泄欲地位,如同婆婆在小美的身上追求"生育的性"的肉体记忆一般,阿强在小美身上追求的是"客体的性"。但林祥福不同,他既不希望小美成为家中的管家机器,也未将小美视作发泄工具。在和林祥福的婚姻中,小美第一次感受到了性的欢愉,甚至会主动跟着林祥福上炕,"一条鱼似的游到他的身上"[2]。小美从被动变为主动,从被折腾到受尊重,甚至"安稳的生活使小美瘦俏的脸逐渐圆起来"[3]。此刻的她感受到了作为快乐对象的"女性的性",这也象征着小美终于重获自我,

---

[1] 余华. 文城 [M]. 北京:北京十月文艺出版社,2021:295.
[2] 余华. 文城 [M]. 北京:北京十月文艺出版社,2021:20.
[3] 余华. 文城 [M]. 北京:北京十月文艺出版社,2021:21.

她对林祥福说："阿强来了，我也不能跟他去京城了。"[1]在和小美确认心意后，林祥福第一时间将小美带到父母坟前介绍，即便小美一度不辞而别并带走家里的金条时，他依然选择原谅小美。与在沈家没有迎亲、没有闹房，甚至连婚礼都没有的冷清的新婚之夜相比，林祥福为小美举办了两次婚礼，两次都叫来了村里的乡亲。第二次还请私塾先生写庚帖、合八字，这些行为都体现了林祥福对小美的尊重和珍视。可以说小美是林祥福的妻子，更是他的家人。在林祥福身边的日子里，小美不仅获得了爱情，还收获了亲情，始终向往着美好生活的小美在这一段时光里是幸福的，这不是幻觉，而是现实。

在第一次婚礼的当天，女人们抱怨新郎还不回来，而小美则微笑回答他会回来的，果然，黄昏时林祥福出现在"大路"上。在不辞而别后，小美发现自己怀上林祥福的孩子，此刻她面对阿强仍下定决心要回到林祥福那里，毅然踏上了回到林祥福身边的"道路"。在林祥福坚定的选择和呵护下，怀抱着对美好生活的向往和怀念，此刻她不需要说服阿强，更不需要说服自己，小美真正意义上做出了一个"不需要理由"的抉择，走上了一条完全基于本心的道路，而这条道路正象征着此刻小美自我的觉醒。正如书中描绘的那样，"在这个长江边的夜晚，小美和阿强对调了他们此生的位置，此后不是小美跟随阿强，而是阿强跟随小美了"[2]。

出于对自由和美好的向往，小玉和小美都在他者境遇中挣扎着寻找自我。小玉通过独立思考，在与自己的关系中实现了内省式的自我觉醒。小美在他人的爱和尊重下，在自己和他人的关系中通过外省寻回了自我。绝境中求生的红雀象征着勇敢求爱的小玉，但它始终逃不出鸟笼的束缚。踏上回归林祥福身边的道路意味着小美对命运的主动选择，但她早晚也会踏上离开他的道路。小玉和小美的自我觉醒不过只是昙花一现，终究无法逃离破灭的结局。

---

[1] 余华. 文城[M]. 北京：北京十月文艺出版社，2021：21.
[2] 余华. 文城[M]. 北京：北京十月文艺出版社，2021：303.

三、雁与文城——于自由幻境中破灭的自我

经历了红雀一事,小玉和冈田从"点头之交"正式升格为"见面之交",小玉对冈田愈发迷恋,她毫不遮掩自己对冈田炽热的爱意。

相对于情感呼之欲出的小玉,偏于理智的冈田的感情世界却隐而不彰。作为医学专业学生,冈田自幼接受先进的教育,来自西方的近代思想观念深植其心。拥有良好的社会地位及经济基础,他有着强烈的主体意识和鲜明的自我。与小玉指向情爱的自我不同,他代表新时代知识阶层,是日本未来的栋梁,他的自我不限于感情。

其实,日本近代"自我"具有特殊性。学者谷泽永一指出:"近代性的自我、资产阶级的自我形成的条件为在资本主义社会成长期出现的生产的无政府性,以及在此基础上出现的作为社会构成原理的无政府性。近代性的自我所依存的是偶然的他者,然后自我确立才能成为可能。"[1]松本三之介指出:"与其说是自由主义·民主主义,还不如说这是国家主义·民主主义更合适,因为运动本身有着浓厚的国家主义色彩……"[2]可见,在近代日本,国家成为绝对主体。在这种绝对主体面前,男权秩序也成为虚幻的表象,国家成为本质的中心。因而,冈田的近代"自我"实际上也存在很强的制约因素,仍带有封建传统观念的色彩,且受国家主义影响颇深。关于他的性格,小说开篇处有所揭示:"至于品行如何,我想,当时很少有人能像冈田那样,过着规规矩矩的学生生活。"[3]由此可见,冈田是一个严格遵守规则的读书人,属于思想传统和保守的书生。拥有这种个性的冈田在浓厚的国家主义导向下也赶上了当时知识分子追求的"立身处世"热潮,最终选择了留学深造的道路。从他的话语中也能感受到他坚定

---

[1] [日]谷泽永一. 近代日本文学史の構想 [M]. 東京:晶文社,1964:16.

[2] [日]松本三之介. 国权与民权的变奏:日本明治精神结构 [M]. 李冬君,译. 北京:东方出版社. 2005:51.

[3] [日]森鸥外. 森鸥外精选集 [M]. 高慧勤,等译. 北京:北京燕山出版社,2010:338.

的仕途志向："好不容易念到现在，不毕业就走，实在遗憾。可是官费留学没份儿，这次机会再失去，就无缘一见欧洲了。"[1]比起和小玉的关系，他优先选择了国家和自己的未来。他的内心存有优先选择仕途之道的观念，即"秩序"优于恋爱的"立身处世"主义价值观。

另一方面，冈田对小玉其实也没有什么特别的感情。初次见到小玉时，小玉正洗完澡回家。他看到"一身蓝绉绸的单衣，系着一条夹腰带，是黑贡缎和博多产的花布缝的；纤纤的左手，随便提着编工细致的竹篮，里面放着手巾、肥皂盒、还有搓身用的米糠袋和海绵等；右手搭在门格子上，正扭过头来"[2]。然而这样的身影并没有给冈田留下多深的印象。他注意到小玉的相貌："新梳好的银杏发髻，两鬓薄得像蝉的羽翅；一张瓜子脸上，高高的鼻梁，略带寂寞的神情，从前额到两颊，说不出是哪儿，显得有点平板。"[3]虽然被小玉的容貌吸引，但他也"不过看了这么一眼，等他走下无缘坂，早把这女人给忘得一干二净"[4]。即便后来再次见面，小玉在冈田口中也不过是从"洗澡女人"变成了"窗内女人"，对小玉的脱帽致礼仅仅是他无意识间做出的基于礼貌的举动。诚然，在与"我"的对话中，他多次提到这个容貌姣好的"窗内女人"，但他丝毫没有想去打听其身世的想法。即便从她家的模样及穿着大概能猜出她是别人的小妾，他也没有闷闷不乐。即便不知道她姓甚名谁，但也不是非知不可。对于前文所述的"显得有点平板"的小玉的相貌，前田爱指出："这是东京底层女性的一大特征。"[5]对冈田来说，小玉不过是万千女性中再普通不过的一员罢了。

关于冈田的女性观，正如他自己所说："女人是美丽的，可爱的，不

---

[1] [日] 森鸥外. 森鸥外精选集 [M]. 高慧勤，等译. 北京：北京燕山出版社，2010：401.
[2] [日] 森鸥外. 森鸥外精选集 [M]. 高慧勤，等译. 北京：北京燕山出版社，2010：340-341.
[3] [日] 森鸥外. 森鸥外精选集 [M]. 高慧勤，等译. 北京：北京燕山出版社，2010：341.
[4] [日] 森鸥外. 森鸥外精选集 [M]. 高慧勤，等译. 北京：北京燕山出版社，2010：341.
[5] [日] 前田愛. 森鷗外『雁』[M]. 东京：岩波书店，2003：101.

管什么境遇,都该安心于维护自己的美丽与爱娇。"[1]他下意识关注容貌的习惯也印证了这一点。这样的女性观来源于冈田爱读的《虞初新志》,里面的《小青传》是他尤其喜欢的一篇。他将其中"视美丽如同性命,就算死亡的天使等在门外,也要悉心地修饰自己"[2]的女主人公视作理想的女性,寄予同情和爱怜。进而言之,在冈田的眼中,女性只是美丽的玩物,抑或是观赏的对象。冈田解救了蛇嘴之下的红雀,将小玉从以前的牢笼中拯救出来,让其自我意识觉醒,却又再一次将她关进了牢笼之中。当活着的鸟儿险些从窟窿里逃走时,冈田对伙计说不要松手,随后又拿了结实的线绳把鸟笼上竹子折弯的地方横竖绑了几遍。促使小玉自我觉醒,成为其寄托希望的对象的冈田实际上也将小玉视作他者,不断粉碎着她的自我。而他们相遇的街道"无缘坂"也暗示了两人注定不可能走到一起。

　　围绕女性面对真爱时产生的微妙的心理变化,森鸥外在文中做了简洁明了的分析。第一,女人在购物的时候会有一种心理,虽然她很喜欢这个东西,但是她不会买,于是,"喜欢"与"不买"的感觉混合在一起,便会产生一种微妙甜蜜的悲伤之感,而女性则从这种感觉中获得美学上的享受。第二,女人想买的东西强烈地吸引着她,促使她不立刻如愿便苦痛难熬,纵然明知稍待几日便可到手,但还是焦躁得度日如年。而小玉的爱完全是自发而强烈的感情,其心状相当于上述两种情形中的后者。小玉觉得,冈田如今突然变成自己"想买的东西"了。她极欲接近他,思量着送其藤村牌乡村馒头等礼品,企冀通过递送物质等将冈田占为己有。

　　对于爱的本质,有岛武郎曾下过这样的定义:"爱是掠夺性的激越之力。"[3]"个性为了自身的成长和自由,以爱为手段,意欲从外界夺取一

---

[1] [日] 森鸥外. 森鸥外精选集 [M]. 高慧勤,等译. 北京:北京燕山出版社,2010:342.
[2] [日] 森鸥外. 森鸥外精选集 [M]. 高慧勤,等译. 北京:北京燕山出版社,2010:342.
[3] 刘立善. 爱是夺取,还是奉献:论有岛武郎《爱是恣意夺取》[J]. 外国文学评论,1997(2):85.

切可夺取的东西。……个性越是活跃，爱的活动越是触目惊心。"[1]体现在小玉身上也确是这样。她极欲占有并夺取冈田，哪怕只是两三天没见，胸口便堵得透不过气来。究其原因，这正是一个自我觉醒了的女性做了自己感情的主人之后能动的感情强烈律动的结果。但她被自我的幻境蒙蔽双眼，没有察觉到这种爱并不存在于冈田身上。无论她如何奉献和示好，她对冈田的爱情也只是一味地单相思。

小玉为了等候冈田路过而打开了门窗，像红雀一样追寻着自由。然而冈田只将她看作无名无姓的"窗内女人"，红雀也被再次关进了笼中。笼子既是父亲及末造对小玉的束缚和蹂躏，也象征着困住小玉的命运牢笼。"笼中的小鸟害怕笼子晃动，紧紧抓住栖木，缩起翅膀，身子一动也不动。"[2]小玉自始至终都没有真正逃离束缚她的环境。

小玉因弹奏三味线被打上了艺妓的烙印，之后成为两个男人的小妾，在他人看来，她无疑是一个充满"娼妇性"的女子。但实际上文中只字未提小玉在性上感受到的快乐和性的自我欲望，小玉的"女性的性"的肉体记忆始终是沉睡着的。

小玉在父亲封建式的家庭教育下接受着"孝女"和"节妇"的要求，更是罕见地上了小学。小玉出生于生麦事件的1862年，而明治政府于1872年颁布了《学制》，将女子教育的目标设定为培养家庭内部的贤妻良母[3]，推算一下可知当时小玉正值上小学的年龄。由此可见，小玉幼年时便在家庭教育和学校教育的双重影响下成为一个固守封建伦理的女孩。作为女儿，她把自己视为从属于父亲的存在，理所当然地背负着为父尽孝的义务；作为年轻的女性，小玉自认为是丈夫的附属品，以成为"贤妻良母"作为目标，把自己的生活范围限定在家庭内。看似"娼妇"的小玉其实一直憧憬着与丈夫生儿育女，成为家庭的贤妻良母。做妾的经历使得

---

[1] 刘立善. 论森鸥外小说《雁》的人物悲剧 [J]. 日本学刊, 1998 (2): 129–130.
[2] [日] 森鸥外. 森鸥外精选集 [M]. 高慧勤, 等译. 北京: 北京燕山出版社, 2010: 381.
[3] 黄鹿静. 日本明治初期（1868—1879）女子教育研究 [D]. 开封: 河南大学, 2018: 64.

她失去了成为贤妻的资格,她的自我才在鬼使神差下觉醒,但她终究没有从"生儿育女"的肉体记忆和"贤妻良母"的精神记忆中解放出来。因此,最后小玉虽然觉醒了并且下定决心向命运挑战,却无法做到真正意义上的独立。她在自省觉醒的途中指望通过他人来实现自我,虽然想从当前生活的魔爪中逃离,却从未想过依靠自己的力量,只是一味地把希望寄托在冈田这个男人身上。

然而在冈田的女性观中,他欣赏的是甘受既定命运安排的女性。从前的小玉或许正是如此,她美丽可怜,任人宰割。但在经历了自我觉醒后,小玉不再甘愿成为命运的俎上之鱼,从被他人凝视的他者逐渐向凝视他者的主体转变,这也意味着她与冈田喜爱的女性相去甚远。小玉努力将自己视作"主体",但冈田在她身上渴望"他者"。冈田即将出国留学的前一天,打扮得有种"耀眼夺目之感"的小玉"眼睛痴痴地看着冈田",散发着强烈的"主体"气息。而恰恰是这种自我的光芒,使得冈田"慌忙摘下帽子点了点头,无意中加快了脚步"[1]。第二天,冈田便离开了日本,小玉对冈田寄予的爱情期待落空,也意味着其自我的破灭。

对此,森鸥外用一个些许荒谬的意象让小玉摆脱了自我幻觉。在逃离小玉的目光后,冈田在朋友石原的怂恿下拿起石头砸向了远处休息的一只雁,没想到这颗石子竟击中了它。于是为了这只意外死亡的雁,冈田、石原和"我"三人不得不将其掩藏并带回宿舍。在返回的途中,小玉依然在门口等待着冈田。因为冈田将雁藏在斗篷里提着,便没有理会小玉,并径直走了过去。这只被冈田意外打死的雁意味着小玉对幸福追求的失败及与冈田爱情的破碎,同时也象征着小玉追寻的自我的最终破灭。

在林祥福的身边,小美好不容易获得了梦寐以求的美好的幸福生活,然而她却两次踏上了离开的道路。小美有过对自由的追求,并付诸过行动,在遇到林祥福之前,她已为此失败过三次。偷穿花衣裳是她挑战封建

---

〔1〕 [日]森鸥外.森鸥外精选集[M].高慧勤,等译.北京:北京燕山出版社,2010:398.

伦理的第一次尝试，然而后果足以摧毁她的意志。从这里开始，随着花衣裳一起进入"坟墓"的还有她对自由的追求，她不敢再奢望除沈家施舍以外的事物。第二次尝试以接济弟弟为契机，很快她便后悔，但还是为此付出了惨重的代价。第三次尝试是在阿强的带领下进行的，他们私奔到上海，挥霍无度，短暂的愉悦并没有让他们获得真正意义上的自由，她始终要依附于阿强而活。

而对林祥福说出的那句"阿强来了，我也不能跟他去京城了"[1]，代表了她的第四次尝试。她努力说服自己享受和林祥福在一起的无拘无束的美好时光，在安静和平稳中，"林祥福不再提起阿强，这个名字正在远去。小美似乎也忘记了哥哥"[2]，直到那场匆忙婚礼的到来，才让这样的日子进入尾声。当小美在婚礼上见到一件宝蓝色的长衫时，她心头一紧，那是一名前来道喜的村民，而那件宝蓝色的长衫像极了阿强的长衫。当天夜晚，那件宝蓝色的长衫在小美的脑海中挥之不去。与身旁酩酊大睡的林祥福相比，小美辗转反侧，难以入睡。这场婚礼让林祥福沉浸在幸福的梦里，却也唤醒了小美的美梦。小美和林祥福在新婚之夜的不协调暗示着两人即将分别的未来。

那件宝蓝色的衣衫在小美的脑海里挥之不去，她始终觉得这是阿强的长衫，并幻想身无分文的阿强当掉自己衣服的落魄模样。在挣扎中，她想到了林祥福对她推心置腹，向她展示装有金条的木盒，她意识到自己该离去了。临走前，她为林祥福做了衣服和布鞋。林祥福称赞小美心灵手巧，说全天下的女人没有一个比得上她，但"林祥福由衷的高兴没有感染到小美，小美的眼睛里流露出一丝忧愁，林祥福没有察觉"[3]。

在上海与阿强走投无路时，小美也是控制不住胡思乱想。彼时她幻想通过卖身养活阿强，此时她幻想偷窃林祥福的家产救济阿强。在小美的深

---

[1] 余华. 文城[M]. 北京：北京十月文艺出版社，2021：21.
[2] 余华. 文城[M]. 北京：北京十月文艺出版社，2021：15.
[3] 余华. 文城[M]. 北京：北京十月文艺出版社，2021：297.

层意识中,她始终放不下阿强这个对她而言曾束缚过她的男人。明明向往着自由和美好,她却每次都在十字路口选择牺牲自己的幸福和自由。在埃里克森的人格发展理论中,人要经历8个阶段的心理社会演变,其中青少年期是一生中最困难的时期。而小美在10岁嫁入沈家,直到18岁被休掉,那段暗无天日的日子正好覆盖了小美的青少年期(12—18岁)。埃里克森认为,自我同一性和角色混乱的冲突是这一阶段中最大的危机,而对于这种自我同一性,他认为一个人如果没有意识到自我的个性,就不会感觉到自己的生存,剥夺个性、无异于谋杀。[1]而一种延续的自我个性,没有最早的口腔阶段表述出来的信任,就不能开始生存;没有一种成功的希望,它就不能完成。[2]显然,小美在童年并没有获得这种内在的自信心和认同感。过去在纪家和沈家的生活中,受封建礼教的毒害,小美逐渐丧失了天性。就算已经逃离了曾经的环境,封建伦理也已经扎根在她的深层记忆中。尤其是三从四德的封建女性观深刻地烙印在小美的肉体和精神上,直接影响了小美对自我的认知,束缚其追求自由的思想。

　　小美完全符合封建女性三从四德的标准。她服从父母对自己的婚姻安排,小心翼翼地伺候夫家上下,对阿强始终不离不弃。在小美心中,自己是阿强的妻子,必须和阿强绑在一起,如果分开,在大家眼里,"一个被夫家休掉的女人回到村里,父母兄弟觉得低人一等,左邻右舍忌讳她前去串门"[3]。因此,她饱受孤独和痛苦,她在内心已经无法离开阿强,即便被赋予了离开的权利,拥有重获新生的机会,她还是不敢直面本心。为了不再次饱受非议,她选择了屈从于命运,成为听天由命的逃避者。当拿走林祥福家产的那一刻,她的内心极其挣扎,但很快心境平复了下来,"小美没有把装有金条的包袱藏好,而是放在炕上贴近墙壁的地方,她不

---

[1] [美]埃里克松. 童年与社会[M]. 罗一静,罗炜铭,钱积权,编译. 上海:学林出版社,1997:220.

[2] [美]埃里克松. 童年与社会[M]. 罗一静,罗炜铭,钱积权,编译. 上海:学林出版社,1997:223.

[3] 余华. 文城[M]. 北京:北京十月文艺出版社,2021:269.

知道自己为什么要这样做,似乎是为了等待命运的裁决,看看林祥福是否发现"[1]。将选择交给天命,正是小美麻痹自己本心和自我的一条绝好路径。于是在这层意义上,走不出内心的小美永远都不可能获得真正的自由,她只能成为一个失去自由的可怜人。

在发现自己怀有身孕时,她决心踏上回林祥福身边的道路,这一选择如同冲破干枯大地的新芽,迸发着小美最耀眼的自我光芒,却也是小美自我最后的昙花一现。小美在长江边和阿强谈话,她决心要回到林祥福身边生下孩子,她甚至不由阿强分说,充满了坚定的意志。这可以说是小美追求自由的第五次尝试,然而这最后也是最勇敢的尝试体现了小美自我的悲哀。

小美曾对父母谎称自己是因"不能生育"而遭到抛弃。从这一随口之言可以看出小美无意识地将自己的最大功能定义为"生儿育女,繁衍后代"。而在父母和婆婆的压迫和支配下,她不仅是传宗接代的工具,更是封建传统要求的贤妻良母,她的精神也受到贤妻良母记忆的驯化。踏上回程看似是小美在满足自己欲望的主体的性指引下的充满娼妇性的选择,实际上更是她作为良母想要把孩子留在林祥福身边的充满母性光辉的抉择。林祥福对小美充满了真心,他将小美看作拥有自我的主体来尊重、爱惜,但小美走不出贤妻良母的精神记忆,她将自己视为他者。

小美没有在女儿满月后立刻离去,虽然每天醒来都会觉得离别时刻即将来临,但她在一天一天地拖延。小美上次离去之时,满怀不舍和负罪之感,而这次的离去是伤心之旅。带着对心上人相爱却不能相守、对亲生骨肉相思却不能相见的爱而不得的悲伤和孤独,小美含泪离去,回到了溪镇,这场自我追寻之旅也即将在此迎来结局。

"文城"是小美编造的地名,是一个根本不存在的虚幻之地。她向林祥福谎称自己来自文城,然而哪有什么文城,有的只是溪镇。即便后来林

---

[1] 余华. 文城[M]. 北京:北京十月文艺出版社,2021:298.

祥福踏上寻妻之旅，带着女儿一路南下，甚至抵达了小美所在的溪镇，小美也始终不敢和他相见。在漫天的飞雪中，她祈求着来世能够再为林祥福生儿育女，如若不能，也愿意为他做牛做马。在自我的挣扎对立中，心力交瘁的小美看到了林祥福向她走来，看到了女儿冲她微笑。伴随着灵魂里涌出来的罪恶感，她实现了真正的平静，即便那是死前的幻觉。现实中，她在抵消、投射和升华中走向死亡，在冻灾中完成了极具浪漫性的离世。即便小美的身体就在眼前，但林祥福不知道那是小美，也因此没有见到小美最后的样子。她"眼睛仍然睁开着，只是没有了目光"[1]。直到生命的最后一刻，小美仍然在漫天大雪中追求着心中的自我。小美死后长埋西山，林祥福也在溪镇度过了余生。然而日复一日年复一年，林祥福从未踏足过小美的墓地，直到最后他都在苦苦找寻妻子。小美活在溪镇，林祥福活在文城，现实和幻觉之间的壁垒令二人注定近在咫尺却无法相见。就像世上不存在通往"文城"的道路一样，小美的自我终究是只能存在虚幻之中。

小玉为了满足自我欲望察觉到"主体的性"的肉体记忆，她将自己视作主体，却被冈田视作他者。林祥福将小美视作主体，小美却在"生育的性"的肉体记忆下，将自己视作他者。看似娼妇的小玉向往着母性的归属，而母性浓厚的小美追求着娼妇的自由。无论是小玉还是小美，都没有摆脱社会传统规范中贤妻良母的精神记忆，也没有冲破家族制度的藩篱。在森鸥外和余华的笔下，小玉和小美都显现出追求自身欲望的"主体的性"，但生儿育女、相夫教子的"生育的性"在二人的肉体记忆中占绝对地位，更没有将"主体的性"作为武器来倡导。小玉和小美身上未解放的肉体记忆和精神记忆预示着其虽自我觉醒但终将破灭的命运。二人的形象设计既体现了男性作家女性书写的局限，更暗示了近现代男性作家眼里的女性定位。

---

[1] 余华. 文城[M]. 北京：北京十月文艺出版社，2021：341.

《雁》与《文城》在各自的视域下针对女性的自我做了系统描绘，通过小玉和小美在苦难中挣扎的自我，传达了作家对"女性自我觉醒与情感解放"的思考。森鸥外和余华在叙事中一定程度上突破了男权语境的条条框框，蕴含着对落后的封建伦理的批判。虽然小玉和小美对自我的追寻最终都幻灭了，但通过她们的命运轨迹，两位作家在传达女性意识、引发读者深思的同时表达了自己对女性生存的关照。

　　"红雀"和"雁"均为有生命之物，森鸥外赋予了它们翅膀，最终却没有让它们飞翔。自由幻觉背后的残酷现实象征着森鸥外看似先进实则落后的女性观。"道路"和"文城"都是无生命之物，没有自由，甚至不存在现实中，实际却承载着余华对女性解放的美好寄托。虚幻的现实背后是余华近乎乌托邦式的美好祈愿和积极的女性观。

　　森鸥外身处特殊的历史时代中，他身上的矛盾特质及女性观并不仅是他自己一人所独有的，作为社会精英的森鸥外代表着近代日本的上层建筑，正如加藤周一所说，森鸥外是时代的人格化。[1]余华是中国当代文坛的知名作家，在通过文字引起读者产生共鸣这一点上，他的观念也代表着社会的观念。然而同样是医生的身份，森鸥外出身于医生世家，余华出生于县城，二人出身社会阶层的不同导致了代表阶级的不同。代表时代意志的森鸥外在一定程度上象征着维护统治的封建伦理，代表平民百姓的余华在一定程度上象征着对美好生活的向往。这种象征性再次暗示了二人消极和积极对立的女性观。

　　《雁》是森鸥外最后一部现实小说，之后他的创作便转向了历史小说，他的女性观止步于此。而《文城》作为余华的最新之作，也是其女性书写转变的第一部小说，今后的女性观值得期待。无论如何，在《文城》中看到了余华女性观念的改变，这无疑是令人欣慰的。

---

[1] [日]加藤周一. 日本文学史序说[M]. 叶渭渠，唐月梅，译. 北京：开明出版社，1995：310-311.

第八章

在继承与颠覆中重塑自我

——谷崎润一郎的《痴人之爱》与山田咏美的《贤者之爱》

2016年，由山田咏美（1959— ）的小说《贤者之爱》改编的电视剧一经播出便引起了轰动，而小说《贤者之爱》的腰封上直接写着"山田咏美出道30年再掀话题，正面挑战文豪谷崎润一郎《痴人之爱》"，也因此引起人们对日本唯美派作家谷崎润一郎（1886—1965）《痴人之爱》的重读。

事实上，山田咏美的《贤者之爱》貌似正面挑战日本唯美派作家谷崎润一郎的《痴人之爱》，实质上是在继承与颠覆中重塑自我。继承与颠覆并非相悖，颠覆是在继承的前提下或积极或消极的进步。山田咏美跟谷崎润一郎的小说世界颇有重叠之处，她巧妙地借助于谷崎润一郎的文学衣钵，植入了看似相似实则相异的文学境界，令读者在似曾相识的文学框架下得到了全新的文学体验。

谷崎润一郎在日本近代文学史上的地位毋庸赘述，他的成就并不在于用文字守护日本传统的审美观念，而在于他善于把通俗甚至猎奇性的主题与艺术相结合成高水平的纯文学佳作，其最擅长的部分不是描绘日本风物，而是嗜虐和恋物。自20世纪20年代《大阪朝日新闻》连载了他的作品《痴人之爱》，时至今日，该作品仍然拥有大量的读者，且主人公奈绪美似乎成了日本近代文学世界里施虐狂的代表，性倒错的代言人。

山田咏美《贤者之爱》的女主人公真由子是《痴人之爱》的忠实读

者，男主人公直已与《痴人之爱》里的女主人公奈绪美在日语中的读音"Naomi"一模一样。山田咏美明确指出，并不断地重复直已（Naomi）名字来源于《痴人之爱》。无论是从山田咏美的自述，还是从文本比较，都无法否认两部作品之间的因果关系。所不同的是，谷崎润一郎作品中男人培养幼女的故事模式到了山田咏美这里却变为了女人培养幼男，并且从小就熟读谷崎润一郎的女主人公真由子决心不重蹈覆辙，新开辟了一条"贤者"养成之路。

男女作家因性别不同而书写的情感世界，特别是他们基于不同的性别经验和心理功能，会将他/她的性别观念和性别意识自觉或不自觉地渗透在文学文本中，在一定程度上影响文本的结构因素、人物关系、话语方式等，构成文学文本中不同的性别内涵。这种性别内涵潜隐在文本中，有待读者去发现、分析和阐释。因此，我们的着力点在于剖析《痴人之爱》与《贤者之爱》两部作品究竟有着怎样的相似和不同，痴人真痴、贤者且贤？这未必是我们寻找的真正答案。

一、痴人与贤者的本能欲望

1. 痴人的幸福

痴人，一般认为因过分感性或追求完美以至于失去理性判断而显得愚笨的人，或受外物影响（如一种嗜好或是对某人的痴恋等）过于严重而显得精神有些失常的人。谷崎润一郎的小说《痴人之爱》中的男主人公河合让治收养并调教少女奈绪美，最终爱上奈绪美且无法自拔，并被奈绪美所控，其身心都成为奈绪美的奴隶。痴人，在文中意为"愚蠢的人"，即爱的奴隶河合让治。贤者，原意为"贤明有才德的人"。小说《贤者之爱》的创作灵感来自《痴人之爱》，小说讲述了性格内向的主人公真由子借鉴了《痴人之爱》的故事来达成她的复仇目的，却不想重蹈《痴人之爱》的结局而成为"痴人"，所以她采取了种种手段，希望可以变成与痴人相反的贤者。在《贤者之爱》里，与《痴人之爱》对应的是聪明之人，是爱的主人真由子。

河合让治是一位电气工程师，生活无忧，8年前，当28岁的让治遇上15岁的咖啡女侍Naomi（奈绪美）时，她还是一个少言寡语、略带阴郁神色、脸色苍白的小女孩。一开始奈绪美吸引让治的原因并不是其性格或相貌，竟然是Naomi这个名字，让治故意用罗马字来书写这个名字，觉得很洋气。因为名字洋气，连带着人也看起来灵巧，再仔细观察，发觉长得很像美国电影明星玛丽·碧克馥。让治讨厌传统的繁文缛节的婚姻，而相亲无法娶到心仪的女人。因此，在认识Naomi两个月之后，老实笨拙、无异性朋友的让治为了给自己单调乏味的生活增添一点色彩，便突发奇想，产生领养Naomi的想法，然后教育她，按照自己心中理想的女性形象来培养她。在酒吧做侍女的不起眼的奈绪美就这样被让治发掘了。让治的理想女性是西洋贵妇，之所以选择奈绪美是因为这个脸色苍白的、阴郁的姑娘是一个尚未成年的姑娘，就像一片未开发的处女地。当让治说他领养奈绪美、照顾她、供她读书时，奈绪美兴奋地不停点头表示同意。

"收养、照顾奈绪美的目的是按照让治的'趣味'培育她的意志、性格及外貌。"[1]让治教她游泳，让奈绪美学英语、钢琴和音乐，以及行为举止等修身之道，力求把她培养成掌握某些特定知识和技能的优秀女人。可千束町出生的奈绪美身份卑微，没有教养，在英语培训班里是差生，但在外貌上她渐渐发育得身材匀称，这让治欣喜若狂，心中产生非她不娶的念头，而且越来越强烈。让治"越来越受她的肉体所吸引，她的皮肤、牙齿、嘴唇、头发、眼睛及其他形体上的美均不含有一丝精神上的成分，亦即她的脑子背叛了我的期待，但肉体越发变得美丽，按照我的理想，甚至超越我理想的程度"[2]。这种美里没有包含任何精神的东西，对这样的女人一开始就只能期待其"肉体方面"，无论怎么教育也培养不出她的精

---

[1] [日] 日高佳纪. 谷崎潤一郎之近代読者への接近 ディスクール[M]. 東京：双文社出版，2015：129.

[2] [日] 谷崎潤一郎. 日本文学全集21[M]. 東京：集英社，1972：100.

神修养，只是磨炼了她的肉体魅惑。原本想把奈绪美调教成精神和肉体兼具的优秀女人，结果却变成了只具肉体妖艳的粗暴美女。面对这个奔放、傲慢的美女，让治毫无招架之力，只能跪拜在其妖艳的魅力之下，心甘情愿地做她的奴隶。

让治给她买堆积如山的衣服，讨好她，满足她的一切愿望。奈绪美傲慢，性格倔强，每次两人产生矛盾，最后都是让治妥协。让治心里充满了失望和爱慕两种矛盾的感情，并为此纠结。让治明白自己选择错误，奈绪美没有自己期望的那么聪明，无论怎么用偏袒的目光去看这个问题，都无法否认这个事实。"她将成为优秀的女人"这个愿望已经是一个白日梦，出身不好的人再怎么调教也无济于事，千束町的姑娘就只能做咖啡店侍女。"一方面我认为她是一个愚蠢的女人，另一方面却无可救药地受之诱惑。这对我来说是一件不幸的事，我渐渐忘却培养她的初心，反而被她牵着鼻子走，等我意识到时，为时已晚。"[1]被奈绪美在精神上百般蹂躏也许正是让治的内心所求。对性倒错的偏执，对命运女神的被虐狂般的崇拜，这两者的统一正是谷崎西洋趣味的体现。

让治认为，奈绪美相貌方面的变美超过他的预料，这足以弥补她精神方面的缺失。正所谓英雄难过美人关，让治这样安慰自己。世人常说"女人欺骗男人"，其实未必如此。是男人明明知道她在欺骗自己，却甘愿被她欺骗，内心一直"期望超越自己预想的傲慢不逊的女王的诞生"[2]。让治对奈绪美充满了不信任感，但不能抵抗她肉体的诱惑。就这样，在爱情面前智商为零的让治彻彻底底地降伏了。后来，奈绪美再次偷情熊谷，被让治发现后将其赶出家门，奈绪美收拾行李，毫不留恋地叫车走了。终是让治敌不过对奈绪美相貌的吸引，一小时后他又不断地想她，开始后悔赶走她，在焦急的等待中寝食难安，最后甚至哭着哀求奈绪美回家，放弃了男人一切的尊严，从此成为"痴人"，但他体会到屈服的无上幸福。在

---

[1] [日] 谷崎潤一郎. 日本文学全集21 [M]. 東京：集英社，1972：100.
[2] [日] 若菜薫. 大谷崎—エロスの深淵— [M]. 東京：鳥影社，2011：200.

小说的结尾处，让治已完全匍匐在奈绪美的脚下，就算被奈绪美背叛，受尽她的侮辱，甚至在发现奈绪美的真实面貌后多次陷入绝望，仍然维系着两人之间的孽缘，对奈绪美的执着和着迷可见一斑，最终成为爱欲的奴隶。痴人之所以痴，源于他内心的单纯与执着，让治并没有觉得不幸，反而充满喜悦，心满意足地陶醉在他的"愚人的乐园"里，"痴人的幸福"便在于此。

2. 贤者的哀伤

《贤者之爱》的贤者真由子在一家大型出版社当编辑，从小就爱读《痴人之爱》，对其中的故事了如指掌。真由子的邻居朝仓百合是她的闺蜜。可后来得知百合和父亲有了男女关系，并抢走了自己喜欢的男人泽村谅一。父亲和兄长，真由子最爱的两个人，都被百合夺走了，于是她内心的仇恨堆积，她渐渐酝酿她的复仇计划。这一年，真由子 21 岁，决心改变自己的人生。

因此，当百合生下男孩请真由子帮取名字时，她笑着说就叫奈绪美（直巳）吧。她决定要把这一男孩调教成自己可以掌控的男孩，用爱来复仇。直巳长大成人时爱上了真由子，对她说"我要像向日葵一样围着你转"，自此调教获得了出乎意料的成功。聪明的真由子明白，自己不能做痴人，要做贤者，因此她在心里暗下决心，这一辈子都要让对方成为自己的奴隶。果然，直巳说大学一毕业就要和她在一起，这时的真由子感到复仇的快感。百合知道真相后与真由子翻脸了，真由子很郁闷，找谅一倾诉，两人发生了关系。这样一来，真由子的复仇计划应该是圆满完成了。真由子出身高贵，有教养，就算是复仇，也很注重直巳的个人修养的培养。长大后的直巳无论是个人素养还是生活品位都很高，但为了避免沦落成"痴人"，真由子仅和直巳发生一次关系后便主动中止了，因为这可以让直巳的脑海里永远记住那一晚的美好，而不是她日益衰老的身体。真由子清楚自己绝非奈绪美之类的女人，"无法成为那么有魅力的愚者，也不想成为那种人。"[1]

真由子最爱的两个男人都背叛了她,和百合发生了关系,这种无情和残酷的打击令真由子不相信世上有理想的男人,她的内心是灰暗的,于是她便想到自己来培育男人。当百合察觉到儿子与真由子不寻常的关系时,真由子难以压抑内心的雀跃,她终于从被抢夺的人变成抢夺的人了。"我要让你慢慢地慢慢地,品尝自己的儿子被毁掉的恐怖。"[2]百合细心教养,灌输儿子的价值基准,全部被真由子偷偷连根拔起扔掉了。若把仇恨放在心里豢养,爱慢慢就变成了妖怪。在与直巳的关系中,"要让他活或让他死,也操在自己手上。男女之间,没有比能掌握这种主导权更甜美的事"[3]。真由子头脑清晰,自认为是贤者,没有真心爱过直巳,在与直巳的关系中由始至终都是掌握主动权的一方,但她最后变成植物人,与让治只剩下躯壳在本质上是一样的:一个是肉体的残废,一个是精神的残疾。真由子一直认为爱的是泽村谅一,但如果没有直巳的照顾她根本无法生活。真由子虽然心里一直抗拒自己爱上直巳,但感情的事不是靠人的理智可以控制的。真由子为了令对方对自己念念不忘,两人只发生过一次关系,便就此罢手,欲吊对方的口味,没想到把自己掉进去了。译者陈系美评论道:"这种藉由'放手'来紧紧抓住一个人的心的'爱的方式',虽然不容易理解(或接受),但不得不承认,这是'贤者之爱'了。然,爱得聪明,并没有比爱得愚蠢,来得轻松啊。"[4]即便真由子拥有了贤者的态度,但是她似乎更悲伤。喜欢一个人,爱一个人,若不是敞开自己的心去爱,总是抑制自己的情感,遮蔽自己的心,又怎能真正体会到爱呢?

3. 孰痴? 孰贤?

《痴人之爱》是 1924—1925 年的作品,《贤者之爱》发表于 2015 年,

―――――――
[1] [日] 山田咏美. 贤者之爱 [M]. 陈系美,译. 台北:大田出版有限公司,2016:7.
[2] [日] 山田咏美. 贤者之爱 [M]. 陈系美,译. 台北:大田出版有限公司,2016:133.
[3] [日] 山田咏美. 贤者之爱 [M]. 陈系美,译. 台北:大田出版有限公司,2016:109-110.
[4] [日] 山田咏美. 贤者之爱 [M]. 陈系美,译. 台北:大田出版有限公司,2016:腰封.

两部作品发表年代相距60年，但《贤者之爱》里加入了两个女人的爱恨情仇，纠缠不清的时间跨度要大得多。女人无法也不轻易放弃嫉妒、憎恨，女人更不容易作罢。闺蜜好的时候相亲相爱、形影不离，翻脸了就视对方为眼中钉、肉中刺。在现实社会里，《痴人之爱》男大女13岁的爱情故事很容易成立，《贤者之爱》女大男22岁的爱情却始终不被人看好。能让比自己年龄小的男人对自己保持憧憬20年以上吗？这是个很合理的疑问，女性作家山田咏美告诉你是可能的。人虽然是动物，但也不是动物。真由子明白这点，男女关系中除了性欲，还有灵魂的交融，那是更高的境界。借由精神的互动建立的感情会令人忘却年龄的差距，从年龄差距的道德中解放出来的世界会更加辽阔。直巳对真由子的渴求非常激烈，而真由子一直在吊他的胃口，真由子认为"男人要不断地忍耐，才能培养出魅力的风情。在重要局面，展现些许禁欲态度是男人的化妆"[1]。真由子对百合的怨恨一直在，她一直困在里面没有走出来，对百合的怨念绝不会消失，但由于从小就开始教导直巳，直巳已经成为她生命里不可取代的人了。

谷崎润一郎文学里的男人多为痴人，痴人是在男女关系里处于被动的一方，在外人眼里是愚蠢的。但由于他们都深爱着自己的女人，追求的是被动的爱，因此他们并不觉得受伤害，反而幸福感满满。他们以美的塑造者、崇拜者的形象出现，衬托女人总是最后的胜利者，体现了谷崎润一郎的"美即是神"这一信条，男人对女人的无私奉献使得谷崎润一郎的女性崇拜思想达到极致。痴与贤孰是孰非实难判断，所谓幸福，在于个人自身的体验，而非外人眼中的赞誉与哀叹。《贤者之爱》中的真由子自以为能够通过控制男人来达到复仇的目的，被抢了男友的她实在心有不甘，把对方的儿子当成报复对象来加以培养，果如其然将其培养成了依恋她的可以随意指使的小情人。一切都按她设想的发展，百合知道了真相，受到了打击。但女人终究是情感动物，真由子最终掉入自我设计的情感陷阱里不能

---

［1］［日］山田咏美. 贤者之爱［M］. 陈系美，译. 台北：大田出版有限公司，2016：120.

自拔,也因此由"贤者"变为"痴人"。两位作家透过"痴人"与"贤者",诉说着人类原始的细腻情感,爱才是两位作家的终极追求。

痴人因痴迷而痴呆,爱得愚笨,爱得执着。贤者不想走痴人的老路,精心计算,不想投入真的感情,只希望对方成为自己爱的奴隶。但最终陷入爱中,同样不能自拔,爱得并不比痴人轻松。女人内心深处是渴望爱的,痴人与贤者最终殊途同归。爱的奴隶也好,爱的主人也罢,终是摆不脱情爱的羁绊。正如作家刘黎儿的评论:"贤者似乎跟痴人看似相反,其实是一体两面,因为那就是人,人是既痴又贤的。"[1]

二、两个 Naomi 的情感内视性与时空交错

作为被调教的对象,《痴人之爱》的女 Naomi 奈绪美是爱的主人,《贤者之爱》的男 Naomi 直巳是爱的奴隶。名字相同,性别不同。奈绪美就是直巳?恍惚之间,两个时空交错的 Naomi 令人产生似曾相识的感觉,令读者对两人的感情发展产生浓厚的兴趣。

在《痴人之爱》里,Naomi 这个名字隐含着让治对白人女性美貌的幻想,一个平庸的、毫不起色的青年抱有的脱离现实的幻想。Naomi 原本是一个在小酒吧工作的女侍,同样也是一个崇拜西方的女孩。胆小的让治遇到不守规矩、桀骜不驯的 Naomi,让调教发生戏剧化的逆转。某次,两人为了英语语法错误而吵架,Naomi 怒将笔记本撕碎的行为宣告了让治的失败,Naomi 以"猛兽的气势"压倒了让治,让两人的关系成功逆转,让治从此变为"痴人"。人们会疑惑为什么让治会选择 Naomi?这个女孩只不过是让治心里憧憬的西洋女人的替代品,性格有明显的缺陷,贪吃又贪玩,说话粗俗,好逸恶劳,好吃懒做,又爱打扮,女人的缺点在她身上都有所体现。初识 Naomi 时,她内向、天真、阴郁,现在傲慢、粗俗、奢靡,还有一副一吵架便不回头的犟脾气。Naomi 如同一匹悍马,让治任由

―――――――
[1] [日]山田咏美. 贤者之爱 [M]. 陈系美,译. 台北:大田出版有限公司,2016:245.

她的马蹄践踏。Naomi 是一个不会感到自卑的女孩，而"日本女人最大的缺点是缺少自信"[1]。"如果坚信自己是美女，最后便会变成美女。"[2] Naomi 便有这样的自信，这才是让治喜欢到不能自拔的原因。相信自己的容貌具有西洋女人的魅力，以此为武器去控制男人，最后变成"一个年轻的西洋妇人"，渐渐地 Naomi 在气势上压倒了让治，这也正体现了谷崎润一郎的"一切美丽的东西皆是强者"的主张。

Naomi 爱让治吗？答案是否定的。她对待男女关系很随便，与浜田偷情三次，同时与熊谷等三个年轻人都有关系。奈绪美根本不懂爱，但她离不开让治，因为让治迁就她，可以满足她的奢侈生活。女人一旦过上奢侈的生活，便再也过不了穷日子了。大都市里的中产阶级让治执着于西洋趣味，对新女性充满憧憬，这里的新女性是指追求精神自由和自立、受过西方教育的觉醒女性。而奈绪美是一个不遵守传统妇德和社会风范的、充满活力的摩登女孩，表面看是新女性，其实只是一个贪图享乐的粗俗的女孩。大家都认为让治是个痴人，其实 Naomi 更是痴人。

男 Naomi 直已由始至终对真由子唯命是从，在男女关系里处于附属的地位。两个名字相同的 Naomi 给人以误解，以为直已最终会像奈绪美那样，成长为支配真由子的恶魔，但其实这是山田咏美有意误导读者，她不想简单重复谷崎润一郎的故事，而是让直已对真由子一心一意，照顾真由子到老，所有人物当中唯一懂爱的便是直已。

在直已心中，真由子完美，充满魅力，他认为女人的价值与年龄无关。直已成人以后长得非常健壮，他的一言一行都能令真由子感受到亲自调教的成果。真由子起初只是单纯地怨恨百合，可后来怨恨逐渐膨胀，变成骇人的怨恨之花。直到百合生下男孩，真由子心里涌起复仇的心思。直已从出生之日起，就是真由子复仇的工具，她要享受将直已培育成理想男

---

[1] [日] 千葉俊二、アンヌバヤール坂井. 谷崎润一郎 境界を越えて [M]. 東京：笠間書院，2009：224.

[2] [日] 谷崎潤一郎. 日本文学全集21 [M]. 東京：集英社，1972：103.

人的乐趣。教他如何当护花使者，培养直巳的兴趣和品味，把他塑造成完美的男人，然后控制他。直巳被养成身形帅气、介于优雅与粗鲁之间的男人，并成为一个对她重度上瘾的性爱患者，尤其是他离不开她的那种愚蠢令真由子感到一种快感。当有一天，直巳没有她活不下去的时候，她的复仇便成功了。

直巳对真由子的爱从来没有变过，最后真由子成为植物人，在直巳的照顾下，直到真由子82岁，直巳已经60岁的时候，真由子终于张口叫出了Naomi。女人无论有多强势，心里还是渴望爱情，终是敌不过温柔的陷阱。直巳的坚持和执着令该电视剧由复仇剧变成了纯爱剧。直巳这个被真由子精心调教、身心都被烙上真由子印记的男人才是这两部作品里的真正贤者。通过这个人物，山田咏美内心对爱的渴求得以淋漓尽致地表达出来，体现了女人希望被爱的原始欲求。山田咏美巧妙地借助谷崎润一郎的文学衣钵，植入了看似相似实则相异的故事情节，引起读者的好奇心后又峰回路转，令读者在似曾相识的文学框架下得到了全新的文学体验，在继承和颠覆之中重塑全新的自我，通过打破传统伦理观来建立现代道德观的意图明显。

三、爱的真谛——回归文学母题

痴人之爱也好，贤者之爱也罢，重点在于爱，追求的都是一个"爱"字。爱是古今中外文学的母题，谷崎润一郎文学里的爱和山田咏美小说里的爱有何不同呢？

两部作品里真正的主角都是女人，男人是配角，只是陪衬。性别不同的男作家和女作家基于不同的性别经验和心理功能，会将其性别观念和性别意识自觉或不自觉地渗透在文学文本中，从而构成文学文本中不同的性别内涵。作为女性崇拜的作家，谷崎润一郎一直观察女人，以崇拜的眼光去描写女人，女人在他的作品里始终是"被观察的客体"。作为女性主义的代表作家，山田咏美一直从女性的视角去描写女人，女人在她的作品里是"观察的主体"。在两性关系里,女性崇拜者的让治尽一切努力去讨好奈绪美,女性主义者的真由子尽一切努力去支配直巳。真由子作为性爱导师,使出各种手段让直巳对自己产生依赖,教会他饮红酒,培养他制造爱的氛围的能力。这一切都是真由子为了让直巳迷恋自己不能自拔,从而成为自己的性爱奴隶和报复的工具。

谷崎润一郎对于相貌的执着是非常有名的,"就算这个女人是狐狸,真实面貌是这般妖艳的话,我也心甘情愿被她魅惑"[1]。而对于女人的精神方面则没有更多的期待。真由子就算是复仇,也要把直巳调教成懂情调、知书达理的男性,山田咏美更注重男女之间肉体与精神的统一。《贤者之爱》小说问世时腰封上的宣传语是"正面挑战文豪谷崎润一郎",山田咏美试图超越男性作家的意图跃然纸上。

痴人之爱,始于痴人,终于痴人。贤者之爱,始于贤者,终于痴人。痴人与贤者殊途同归,痴人也好,贤者也罢,终究抵不过情爱二字。男女之间又何必分主人与仆人,爱的形式虽然多样,但最终相爱才是男女之间最理想的感情状态。谷崎润一郎笔下的让治调教女孩是希望女孩能够精神与肉体兼备,但女孩只具备躯壳,不具备灵魂。尽管如此,男人始终受不了女人肉体的吸引,这便是男人致命的地方。最后男人放弃对女人的精神要求,甘愿成为爱的奴隶。谷崎润一郎思想上看似崇拜女性,实则蔑视女性。而山田咏美笔下的真由子从情感上俘获了直巳,真由子也由衷地爱上了直巳。男女相爱才是爱的最高境界,山田咏美对爱情的要求比谷崎润一郎要高出一大截。精神与灵魂的交融才是女人的终极追求,男女作家对爱情的态度也因此不同。

谷崎润一郎满足于被动的爱,喜欢他的女人是女王,享受被虐带来的所谓快感。至于对方爱不爱自己并不介意,也不重要。山田咏美追求的是男女相爱的境地,貌似挑战正统婚恋观的作品却是一部纯爱剧。男女作家

---

[1] [日]谷崎潤一郎. 日本文学全集21[M]. 東京:集英社,1972:162.

对爱情的追求原本各异。山田咏美无论多么前卫和开放，内心里仍然摆脱不了女人属性的支配，男女的情感世界因此而不同，男女性别的差异引起的性差意识体现在作品里。"突破道德与男女差异，探求'爱'的天堂与地狱的山田咏美，确实有资格继承谷崎润一郎的衣钵。"[1]

谷崎润一郎是女性崇拜者，山田咏美是女性主义者，在两人的作品里，女人皆是掌握主动权的一方。谷崎润一郎塑造的男人单纯和执着，爱得痴迷，他们并不觉得悲哀。不管对方爱不爱自己，他们只追求单方面的爱。山田咏美塑造的真由子一直告诫自己不要付出真的感情，只需要按计划复仇并获得成功，在小说结尾，昏迷 40 载的真由子喃喃叫出直巳的名字，这一细节证明她没有忘掉直巳，直巳几十年如一日的悉心照料有了回报，真由子爱上了他。我们从真由子的身上可以读出女性主义者山田咏美那颗隐藏不住的为爱感应的女人心。"两人将永远切成无数瞬间，一直一直，在一起。"[2]《贤者之爱》原本只想利用爱来复仇，结果却收获了真爱，成为真正意义上的"贤者之爱"了。两部作品问世虽然相隔 60 年，男女本质上的区别和性别的内涵不同仍然清晰存在，女作家对爱的认知更在乎精神与肉体的统一。在追求纯爱的当今，山田咏美用贤者的纯爱来试图超越谷崎润一郎，她做到了。

每个民族的价值观与审美观都不相同。就日本作家而言，从古到今虽尊重女性，但又认为其地位低于男性，这是价值观的体现，然而从审美观的角度来看，在文学作品中，仍然要体现女性足够的美感。表面上看，日本文学作品里描写的日本女性地位似乎很高，但实际上从近代乃至当代，日本女性的社会地位仍然低于男性。山田咏美的审美认知是建立在西方女性主义思想及个人体验之上的，日本女性所处的社会现状自然激起了山田咏美的一种叛逆书写。相比而言，在日本，无论是男性作家还是女性作

---

[1] [日] 清水良典.「厄介な」愛のねじれ方 [J]. 群像，2015 (3)：327.
[2] [日] 山田咏美. 贤者之爱 [M]. 陈系美，译. 台北：大田出版有限公司，2016：239.

家，从古到今对女性的描写均是非常复杂又难以梳理的，我们仍然无法用中国的价值观去判断日本价值观的孰是孰非。作为研究日本文学的中国学者，我们也不能完全用中国的传统女性观和审美观去看待日本文学中的女性形象。

第九章

两位日本诺贝尔文学奖得主的女性观

——川端康成的《生为女人》与大江健三郎的《人生的亲戚》

川端康成（1899—1972）和大江健三郎（1935—2023）是两位日本获得诺贝尔文学奖的优秀的男性作家，前后相隔26年，在相同的文化背景下，文学风格却迥异。《生为女人》与《人生的亲戚》是两位作家以女性为主人公的作品，细细研读，不同的女性观与文学叙述风格明晰地展现在读者的眼前。正如王升在《川端康成笔下与欧洲传统文学中的女性形象之比较》一文中所说："日本文学中的女性形象都有着樱花一样的美丽，而川端康成笔下女性之美尤其如此。"[1]川端康成对日本社会里生活的女性高度关注，其塑造的女性具有东方女性的贤淑、坚强等特点，可谓是日本传统女性的代表。与之形成对照的是，从东京大学文学部法国文学科毕业的大江健三郎在日本传统文化的底色上深深烙上了西方文学的印记，他作品里的女性走出了日本，足迹遍布世界各国，因此其笔下的女性与世界上的女性同步，性格坚强、勇敢。

川端康成的《生为女人》是一部真正意义的女性视角作品，川端康成对女性摇曳不定的心理和行为把握得非常精确到位：女人看穿女人的恐惧，讴歌女人生命的鲜活与无常，将女人的内心世界刻画得惟妙惟肖。正如中文版介绍的那样，"描写出年轻感性的危险与混乱，用细腻的笔触绘

---

[1] 王升. 川端康成笔下与欧洲传统文学中的女性形象之比较[J]. 作家，2010（24）：93.

制出一幅昭和女子生活画卷。"川端康成似乎比女人更加了解女人，他对女人这一"生物"的精确把握令女性读者读后感觉犹如一件陈列品被展示了出来，并对女性内心深处的丑陋深感痛恨，令人不得不折服，川端康成不愧为描写女性心理的名家。故事围绕三个女人展开：律师佐山的夫人市子，以及家里寄宿的两个少女阿荣和妙子。市子美丽高雅，阿荣个性鲜明，妙子背负着阴影。该小说描写的这三位女性具有"生为女人"的悲哀，这种悲哀反而更加衬托出她们的美丽。"生而为我"意味着"生而为女"，所有的悲伤都基于这个事实。生为女人究竟是幸还是不幸？川端康成冷眼旁观着女人的这一切。女人真是麻烦又可爱，每个女人都在与自己的嫉妒心作斗争。"羡慕嫉妒恨"是女人自己都嫌弃的、隐藏在内心不愿意被人看出来的。"羡慕嫉妒恨"原本并不是女性的专利，但当它出现在女人的身上时，自然便会以女性特有的方式现身。

1989年的《人生的亲戚》是大江健三郎患抑郁症时的作品。为了治愈抑郁症，大江健三郎每天早起，想用新的方法写一部与以前的小说不一样的作品。大江健三郎对英勇的、幽默的但同时具有悲剧性的女性抱有憧憬。在《人生的亲戚》里，女性仓木麻利惠首次作为主角登场，这是一个果敢而坚毅的女性。她的两个孩子分别患有脑病和下半身障碍。两个残疾儿合谋自杀，由智障但身体健硕的哥哥将轮椅上的弟弟推下悬崖，然后哥哥再跳下去，这是大江健三郎能够想象出来的最悲惨的事件。在经历这样的巨大悲痛之后，母亲该怎样苟延残喘地活下去？只要活着，便无法忘却和战胜悲痛。她要在巨大悲伤的折磨下坚强地活着，于是她进行了各种尝试：参加宗教集团的活动，到海外工作。为了寻求心灵的慰藉，5年前她绕地球半圈来到墨西哥农场工作，致力于那里的印第安人和混血儿们的卫生管理。因为农场拯救了贫穷的劳工，所以她得到了大家的崇拜和尊敬，她被农场的人们称为"圣女"。她最后患上了癌症，原本只是乳腺癌，早期治疗完全可以康复，但她认为这是老天对她的惩罚，于是放弃了治疗，最后在拍下性感写真寄给对自己有好感的三个年轻人后坦然死去。某种悲伤令人困惑而又无法摆脱，就像一个麻烦的亲戚，这种悲伤伴随着人生——这便是《人生的亲戚》的主题。尽管人经历着巨大的悲伤，但仍然坚强地、朝气勃勃地活着。这样的女性令人敬佩，使大江健三郎产生创作的冲动。

一、 川端康成与大江健三郎女性观的表象与内在

1. 作品中女性人物的表象叙事

美丽是川端康成笔下女性形象的共同标签。阿荣从小就是一个美人坯子，她腰肢纤细，脖子修长，白皙俊俏的面孔上有一双妩媚的大眼睛，在秀发垂肩、面施淡妆时面庞显得更加楚楚动人。"这蓦然出现在（佐山）眼前的娉婷袅娜的身影，使他不由得怦然心动。"[1] "那裹在睡袍里修长的双腿，使身为女人的市子都看得心旌摇荡"[2]，"阿荣的肩膀浑圆而富有光泽。进入这个季节，姑娘裸露的臂膊宛如新出的莲藕，美不胜收"[3]。川端康成用尽一切赞美的词汇来描写阿荣的美貌，可那美丽的外表下面隐藏着一颗恶毒的心，她所考虑的是如何搅乱他人的家庭。这一形象体现了少女的属性便是美丽和"空洞"，因为川端康成认为少女仅具备华丽，缺乏内涵。

另一个少女寺田妙子年芳19，正可谓风华正茂。"她眼神中含情脉脉，万般妩媚，令有田几乎不能自持。"[4] 在和有田恋爱之后焕发光彩，"近日来愈发变得清丽脱俗、楚楚动人了"[5]。川端康成描写的两位少女均是美貌如花，不过与阿荣迥然不同的是，妙子除了美丽，还对爱情执着，其执着里透露着坚强。而佐山夫人市子不仅美丽动人，还具有东方女性的温柔和贤淑。

---

[1]［日］川端康成. 生为女人［M］. 朱春育，译. 上海：上海译文出版社，2015：75.
[2]［日］川端康成. 生为女人［M］. 朱春育，译. 上海：上海译文出版社，2015：90.
[3]［日］川端康成. 生为女人［M］. 朱春育，译. 上海：上海译文出版社，2015：242.
[4]［日］川端康成. 生为女人［M］. 朱春育，译. 上海：上海译文出版社，2015：98.
[5]［日］川端康成. 生为女人［M］. 朱春育，译. 上海：上海译文出版社，2015：195.

《人生的亲戚》里的仓木麻利惠戴着一副深度眼镜，嘴唇轮廓分明，涂着红红的口红，"宽阔的额头和坚挺的鼻梁很衬，稍有肉感的颈子上有几颗痣，如干蜡般有质感的耳垂，令人犹豫着要不要将目光停留在上"[1]。健康柔软的身段，肩部有肌肉，一看就是爱锻炼的女性。真丝连衣裙上的装饰腰带一直垂到屁股部位，当她扭动着穿着连衣裙的身子时，那优雅的身姿和豁达的微笑完全可以征服世界。爱好打扮证明她是一个充满女人味的、热爱生活的女性。那若无其事的笑脸给人深刻的印象，任何时候都是一副豁达的态度。从这些描写可以看出麻利惠是一个知性的、身体健康的、性格坚毅的女性。这为她后面经历巨大灾难并战胜它准备了身体条件和精神条件。麻利惠华丽的脸庞、匀称的身材、绝不示弱的性格吸引了因反饥饿游行成为朋友的朝雄等三个年轻的男孩子。小说里在形容麻利惠的性格时多次使用"若无其事"这个词语，尽管她老是有着一张无所谓的笑脸，但其浓密的睫毛下遮盖着的眼睛充满了忧郁的神色。她的家庭有她必须承担的苦难，那浓密的睫毛下隐藏的忧郁并不能动摇她的坚定。大江健三郎对女性的面貌并没有川端康成那么看重，麻利惠虽然也是一个美丽的女人，但大江健三郎并没有过多着墨于她的美丽，他更看重女性的性格，敬重麻利惠面对不幸命运时的不屈和坚强。

从对作品中女性人物的表象叙事来看，川端康成对女性的外貌特征观察细致入微，用优美的文笔描写和赞美女性的相貌，体现了川端康成对女性外在美的看重。而大江健三郎在对女性的外貌进行描写时更强调女性的忧郁和知性，暗示女性将要经历的苦难和战胜悲伤的坚毅，外貌表象是为了突出内在性格。

2. 作品中女性人物的内在性格的演绎

连母亲都说阿荣脾气很坏，不仅如此，她还具有强烈的独占欲，从小便吸引了姐姐喜欢的光一的注意。到佐山家后她经常勾引得佐山心神荡

---

[1] [日] 大江健三郎. 大江健三郎小説9：人生の親戚 [M]. 東京：新潮社，1997：316.

漾。"一双含情脉脉的大眼睛不时地望着佐山,宛如他的情人一般。"[1]她任性刁蛮,说话刻薄,常常使人不愉快,可一旦人家真的生气,她又觉得自己很委屈。因为父母关系不好,从小生活在破碎家庭里的阿荣心理不健全,她内心深处对作为模范夫妻的佐山和市子怀有某种憎恨的心理。感情好的夫妻令她感到作呕,她有插足二人之间窥视他们内心世界的企图,是女孩子对夫妻这种形式的一种扭曲的反抗和厌恶心理在作祟。排挤妙子,接近光一,这一切的行为都是为了抢占佐山。佐山、光一、清野(市子的旧情人),所有喜欢市子的男人她都有抢的冲动。对佐山的勾引一方面是源于"抢市子的幸福"之心在作祟,另一方面源自对父爱的渴求,使得她爱上大她两轮的佐山。阿荣心目中只有她自己,她任性妄为、纠缠不休的性格令人心生嫌弃。为了夺人所爱,她什么事都做得出,年轻生命的迷惘和混乱在川端康成的笔下被刻画得栩栩如生。

妙子从小屡遭不幸,是一个坚强的姑娘。她温柔可爱,心性纯良,担心被别人一眼看出自己是死刑犯的女儿,整日提心吊胆,性格十分自闭。自从父亲杀了人以后,妙子便掉入了恐惧和羞耻的深渊之中。她被传唤到法庭作证时因为咳嗽而窒息晕倒,佐山便收留了她。逗弄一只金丝雀是她在佐山家唯一的乐趣,因为鸟儿从不谈论人间的罪恶,可以令她忘却孤独和对世人的惧怕。对于佐山夫妇的收留之恩她一直铭记于心,对自己为有田离家出走的行为至今不悔,"身世坎坷、体弱胆小、温柔贤淑的姑娘妙子一旦同有田生活在一起,竟然变得坚强起来"[2]。通过爱有田,她的眼前展现出了一片新天地。有田对未来不敢承诺的懦弱和自私更衬托出妙子的坚定。女人一旦认定了,便无怨无悔。妙子原本是一个很有魅力的姑娘,可阿荣的"恶魔"性格给人的印象太过强烈,使妙子的影像显得模糊。

市子是阿荣母亲小学时代的朋友,其丈夫佐山是上门女婿,结婚十载

---

[1] [日] 川端康成. 生为女人 [M]. 朱春育, 译. 上海:上海译文出版社, 2015:182.
[2] [日] 川端康成. 生为女人 [M]. 朱春育, 译. 上海:上海译文出版社, 2015:345.

仍然恩爱如初。市子无论对谁都很热心，乐于照拂年轻人是她的美德，也是她得以保持青春的原因之一，市子可谓理想女性，十分完美。但自从阿荣来了之后，女人天生的敏锐直觉令她感受到了阿荣对丈夫的爱慕，尤其是看到年轻、美丽的阿荣对丈夫的吸引力。丈夫看阿荣的目光，那是一种久违了的欣赏女人的目光，市子不禁感叹岁月无情催人老。佐山看阿荣的眼神和内心的动摇，诠释了"年轻女孩就是受欢迎"这句话的内涵。年轻就是本钱，有本钱的阿荣就可以任性而为。她对佐山毫不隐藏自己的追慕之心，令市子心生猜疑和嫉妒，甚至做梦都在嫉妒，因为她从未设想过丈夫会对其他女人移情别恋。这种原本只有女人才明白的猜忌之心被川端康成刻画得入木三分。"她现在甚至都不愿提起阿荣的名字，唯恐自己受到伤害。另外，市子还担心自己若是捅破这层窗户纸的话，会不会弄假成真？"[1]这个高贵优雅的女人在嫉妒年轻、任性的阿荣时显示出她也不过是一个普通的女人而已。她羡慕风华正茂的阿荣，哀伤自己年华已逝。

"他们（沈从文和川端康成）对笔下的女性并不全是赞美与推崇，还有质疑与否定。"[2]通过阿荣这一形象，川端康成无情揭露女性性格中令人讨厌的部分。妙子美丽、天真，对男人无任何要求，是奉献型女子。在男友有田离她而去后仍然执着地等待他的归来，体现出柔弱身躯下女性内心的坚强。充满激情、不安分、仗着有动人姿色而随心所欲指使男人的阿荣纯洁、可爱，这两种女性形象形成鲜明的对比，她们是川端康成笔下典型的少女形象的代表：官能型和清纯型。小谷野敦在为川端康成写的自传里将川端康成称为"双面人"，这就不难理解为何他作品里的少女具有两种截然不同的性格了。律师夫人市子热情好客、心地善良、贞洁贤淑，具有日本女性的传统美德，她才是川端康成的理想女性。因为孩子难产夭折，满腔的母爱无处安放，所以市子对两个少女充满了母爱，处处加以关

---

〔1〕［日］川端康成. 生为女人［M］. 朱春育，译. 上海：上海译文出版社，2015：190.
〔2〕田晓琳. 沈从文与川端康成的女性观比较［J］. 吉首大学学报（社会科学版），2011（2）：39.

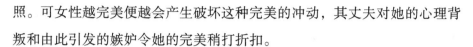

照。可女性越完美便越会产生破坏这种完美的冲动,其丈夫对她的心理背叛和由此引发的嫉妒令她的完美稍打折扣。

《人生的亲戚》里的麻利惠行事果断、乐观豁达,是一位坚强、自立、于困境中充满希望的女性。三十六七岁的美丽女人给人很好的印象,她积极乐观的人生态度常常会影响他人,令作为作家兼智障儿父亲的叙事者乐意与她交往。在经历生命里至亲至爱的两个孩子同时自杀后,她赖以生存的精神支柱瞬间崩溃和坍塌。大江健三郎描写麻利惠喜欢性交便是一个伏笔,性欲是人类的本能,"麻利惠对性欲的执着超乎常规,这发自内心的欲望便是她对生活的热爱和生存意志的体现"[1]。她与美国青年萨姆保持性关系,在进入集会所以后也没有放弃过自己的欲望,还不时和他约会偷情。每次见他后的次日她便害羞地焕发光彩。只有通过尽情享受肉体的欢愉,她才能忘却孩子们的自杀所带来的悲伤。但肉体的快乐是一时的,当她独自一人时又会常常做噩梦。如果不仔细观察她眼部的疲劳,是无法想象她是怎样在痛苦中生活的,睡着时她常常发出悲惨的呻吟声,一到白天,她又是一副若无其事的样子。

她经历了人间最大的不幸,也许一辈子也无法恢复,她更需要寻求灵魂的安宁,因此集会所的活动不能停止。她热爱生命,将性欲看作对生命的挚爱,而信仰宗教则是一种精神寄托,两者在她看来并不矛盾。在精神崩溃、濒临自杀边缘的困境里她仍然可以坚强地活着,就算她因两个孩子出人意料的自杀而被伤害,你也不应该可怜她,因为在此时女人会爆发出顽强的生命力。她不是女性主义思想的代言者,她"没有对社会大声抱怨和诉求"[2]。面对不幸,她也有意志薄弱的时候,甚至想过自杀。同时失去两个孩子,这样沉重的打击一般人根本就受不了。她经常在痛苦的追

---

[1] [日] 島村輝. 日本文学研究論文集成 45:大江健三郎 [M]. 東京:若草書房,1998:216.

[2] [日] 島村輝. 日本文学研究論文集成 45:大江健三郎 [M]. 東京:若草書房,1998:207.

忆中去体味和孩子们在一起的幸福时光，在重新回味生活强加给自己的苦难的过程中试图留住和孩子们共同生活的点滴记忆。离开集会所来到墨西哥农场后，她得知患了乳腺癌，之后便断绝了性生活，企图通过压抑性欲来阻断侵蚀身体的癌细胞。病情恶化以后她拒绝手术，在临终前的相片里还做着"V"的手势。这个面对死亡也不服输的坚强又固执的女性令人感动。在《万延元年的足球》《同时代游戏》等作品里描写了男性自我的解体之后，大江健三郎自然而然将现代社会里的各种不公平的悲惨命运赋予女性身上，因为他认为只有女性才能背负起这样的命运并战胜它。

3. 作品中女性人物的恋爱观

女人的故事必然与爱情相连，年轻女孩的人生就是追求爱情。而男人对年轻、美丽的女性毫无抵抗力，阿荣的出现使得佐山夫妻间存有芥蒂。阿荣看到佐山，一方面对她说"你很可爱呀"，一方面却依然和市子过着安稳的生活，这令她实在无法忍受，她恨不得把身边的东西都砸得粉碎。她曾经崇拜过的市子在她眼里也变得卑鄙可憎，当然她从未想过究竟是自己卑鄙还是市子卑鄙。她感到孤立无援的悲哀，父亲被一个年轻的女子夺走了，导致她性格变得乖僻，轻易不相信别人。阿荣对佐山的爱其实不过是嫉妒心和好胜心在作怪，她向佐山暗送秋波，戏弄光一，甚至勾搭上了清野，凡是与市子有关的男人她都要染指。原本妻子漂亮，情人自然会退避三舍，可阿荣觉得能够征服高雅、美丽的市子的丈夫才是本事。佐山的彷徨给了阿荣幻想，也伤害了阿荣。天生丽质的阿荣原本可以和光一在一起过上幸福、安稳的生活，可她非要插足于佐山夫妻之间，等到市子时隔十多年再度怀孕，阿荣才惊觉自己一直是被排除在佐山夫妇之外的。自己所喜欢的男人不过是女人心中描绘出的爱的幻影，可望而不可即。爱情其实是女人的幻想，长相厮守不过是女人的一厢情愿。无论是逃避还是继续纠缠，最后受伤的都是女人，生为女人的痛苦便在于此，女人的一生从未为自己而活，都为男人欲生欲死，川端康成笔下的女人大多如此。

妙子一直把自己封闭起来，不踏入佐山夫妇的生活圈子，直到她遇到有田。一颗久被禁锢的心一旦被打破，就会焕发出巨大的热情，爱也就随之产生了。单纯的妙子越陷越深，明知有田的父母和弟妹都要靠他养活，根本给不了她安稳的生活，但她不怕吃苦，毅然离家出走，和有田开始同居生活。为了自己所爱的人，姑娘开始学着做饭。川端康成在小说里表露出"女人做饭便是她一生受苦受难的起点"这样的观点，可妙子不这么认为，从小跟着父亲流浪的妙子在和有田同居后，第一次有了属于自己的新生活，仿佛一只小鸟终于找到了自己的归巢。只要能与有田长相厮守，她就心满意足了，什么苦她都能吃。有田是令她从阴影中走出来、焕发新生的男人，恋爱大过天的她开始性格变得开朗，对人生也开始充满希望。"不知从何时起，妙子抛弃了从前的那种自我封闭的生活方式，从里到外完全变了一个样子。她变得生气勃勃，光彩照人。"[1]妙子勇于斩断情丝，多是为了有田及其家人的幸福着想："给予的东西即使对方不还，实际上自己也得到了，只有去爱，才能获得爱。妙子在与有田相爱的同时，也彻底改变了自己。"[2]她对爱有自己的信念，坚信自己不会白爱一场，爱终将是有回报的。在有田以遗传不好为理由不愿意和她生儿育女，并在父母的劝说之下离开她时，妙子下定决心一边工作，一边等他回来。她坚定地说："虽然不知道要等多少年，但即使是白等，我也不会怨恨他的。"[3]

新生命的孕育令佐山夫妻之间产生联结，丈夫对她的关切溢于言表。市子容光焕发，恢复了往日的温柔、贤淑。不管阿荣是一个妖精，还是一个天使，市子开始认为阿荣的到来为自己带来了不可思议的新生命，也开始认为阿荣勾引丈夫不过是想证明自己的魅力罢了。自从被确诊怀孕之后，市子感到自己与周围人的关系变了，她不仅原谅了别人，同时也原谅了她自己。市子又变回那个善解人意、温柔体贴、幸福安详的夫人。在小

---

[1] [日] 大江健三郎. 大江健三郎小説9：人生の親戚 [M]. 東京：新潮社，1997：335.
[2] [日] 大江健三郎. 大江健三郎小説9：人生の親戚 [M]. 東京：新潮社，1997：399.
[3] [日] 大江健三郎. 大江健三郎小説9：人生の親戚 [M]. 東京：新潮社，1997：413.

说的结尾，妙子在少年医疗管教所找到了工作，开始了新的生活。阿荣前去寻找父亲，想重新找回父爱。三个女人的人生都朝着好的方向发展。三个人又回到最初的轨道，川端康成为我们描绘出一幅昭和女人栩栩如生的画卷。

麻利惠大学时代与英语科的同学结婚，婚后考上大学院，研究生读了一半便生下大儿子，结果发现儿子智力有问题。她丈夫是一个老实人，家里一切都由她做主。她认为大儿子的出生便是要她偿还和赎罪，既然是赎罪，就没必要把丈夫和二儿子卷入其中，于是她果断做出离婚的决定。离婚时将智障的大儿子带走，将正常的二儿子道夫交给前夫抚养。麻利惠上班时将智障儿交由母亲帮着照顾，后来母亲患上了老年性痴呆症。麻利惠尽管带着智障儿和老母亲，仍然将离婚后的日子过得有滋有味。前夫与别的女人结婚后，二儿子道夫中学时遇上了交通事故，导致下半身瘫痪，过着轮椅上的生活。前夫与后妻婚姻生活并不幸福，因此每隔一周便带着道夫来与大儿子同住。当前夫带着道夫回来时，麻利惠明知自己已不再爱这个男人，但很想帮助前夫，想一起抚育两个残疾儿。由此可以看出，麻利惠是一个重感情、重亲情的人，虽爱不在，可情还在。

两个儿子自杀以后，麻利惠每日沉浸在对儿子的回忆中不能自拔，她整晚做噩梦，由于担心自己在梦里会疯掉，她只能坐在桌前工作，以此缓解对儿子的思念。她每天都很痛苦，而她又深知这种痛苦还将继续下去，现实的残酷令她无法去风花雪月和将男人看成生命的全部，男人在她生命中所占的比重很小。葬礼后她对前夫说："我们的人生很失败，没有留下任何美好的东西。"[1]但无论多么痛苦和厌倦人生，都不能选择死亡，因为她认为如果死了，所有的痛苦就让前夫独自承担了。孩子自杀以后，前夫长期靠酒精麻痹自己，肝脏受损，情况非常糟糕。麻利惠一直守在他的病床旁，并承担了住院费用。麻利惠虽然对前夫没有了感情，但心地善良

---

〔1〕 〔日〕大江健三郎. 大江健三郎小说9：人生の親戚［M］. 東京：新潮社，1997：346.

第九章 两位日本诺贝尔文学奖得主的女性观

的她有情有义,她的爱超越了普通的男女之情,更为崇高。

她生命里还有一位叫朝雄的年轻男性,他在20岁时认识了她,在他的眼里麻利惠是一个"开朗、有教养、不拘小节的年长的知识女性"[1]。自从孩子出事后他总在远处守护着她,只要对方有事,他就会立刻飞奔过去帮助她。这种异性间的友谊也可以天长地久。

二、川端康成与大江健三郎女性观的呈现范式

川端康成和大江健三郎都对女性持肯定态度,两者笔下的女性都具有坚强的特征。川端康成作品里的女性始终是被描写和观察的客体,他向世人展示的是东方文学尤其是日本文学里的东方美,这是其吸引全世界读者的最重要原因,也是其获得诺贝尔文学奖的原因。《生为女人》里的三位女性虽然性格各异,但都风姿绰约、美丽动人。川端康成对美的执着贯穿其创作生涯,他追求的是虚幻的、幽玄的美。他一直固守着日本民族传统,将日本民族优秀的东西向西方展现,将日本女性特有的温柔、忍耐、美丽、坚强等展现得淋漓尽致,民族的也是世界的,因此他获得了全世界的认同。

大江健三郎笔下的女性虽然经历悲惨,但乐观向上、坚韧不拔,大江健三郎深刻体会到男性社会中做女人的艰难。麻利惠的两个残疾孩子跳海自杀,之后她又患癌症,但仍然意志坚定地寻求生存的欢乐和意义,并没有被死亡所吓倒。大江健三郎笔下的女性也并非天生就那么坚强,能战胜一切苦难。这些女性往往经历复杂的心路历程之后,才战胜一切困难。大江健三郎的思想已经超越其性别和国籍,他塑造的是纯人文主义的理想女性形象。他欣赏、神化女性形象,追求的是世界的范式,实现了文化的越境和对日本传统的超越,描写了饱尝人间辛酸坚强的女性。麻利惠温柔身躯下的坚韧不拔体现了大江健三郎对女性生命力的敬佩和对普通女人生存

---

[1] [日]大江健三郎. 大江健三郎小説9:人生の親戚[M]. 東京:新潮社,1997:429.

状态的人文关怀，同时也体现了其对西方文学中的女性观的受容。

在川端康成的作品里，女性总是为爱而生，为男人而活。川端康成的世界是幻想的世界，是悲伤的美的世界，女人可以为男人欲生欲死。而在大江健三郎的世界里，爱情不是女性的终极追求，男人更不是女人停泊的港湾，悲惨命运才是女人人生的标配，女人的人生便是与多舛命运作斗争的过程。大江健三郎的世界是现实的，现实社会的确有很多苦难，当灾难降临、躲无可躲时，女人只有坦然接受，并想法克服和战胜它。大江健三郎的女性观多了一分冷静和理性，少了一分浪漫和幻想。

三、 川端康成与大江健三郎女性观的异同与成因

川端康成的孤儿身份对其文学创作影响很大。他出身于茨木市的一个没落旧家族，父亲是次子，祖父继承了家业。祖父去世后成为孤儿的川端康成被亲戚收养，一生经历了多次葬礼。因为是孤儿，为避免与人发生争端，所以他即使生气也不便表露出来。如果对方仍然挑衅，川端康成便使出盯着对方一言不发的绝招，这便是川端康成双面人性格形成的起因。这种双面人的性格使得他小说里出现的女性具有截然相反的两种性格特征。

看川端康成的日记，可知他是一个执着于相貌的人："我痛恨我不是一个美男子，我的美丽的想象和空想被我的相貌所破坏，令我非常失望。""我最大的希望是能够拥有秒杀所有女子的相貌，我的本性是活在耽溺之内。"[1]妻子秀子人很聪明，但不算美人。冈本鹿子见到她的短发相片曾说"很可爱"，可川端康成说那是相片，真人就是一个老太婆，这才是川端康成的心里话。[2]川端康成对待婚姻很理性，那时的文人多离婚，可他没有，他是一个遵从世俗道德的人。现实世界里川端康成是一个丑男，妻子也不算美女，执着于相貌的他只能在小说世界里塑造众多美女形象来满足他对美女的渴求。川端康成对相貌的执着由此可见一斑，所以他的作品

---

〔1〕 ［日］小谷野敦. 川端康成伝　双面の人 [M]. 東京：中央公論新社，2013：66.
〔2〕 ［日］小谷野敦. 川端康成伝　双面の人 [M]. 東京：中央公論新社，2013：171.

里出现的女性个个美若天仙。

金东光说川端康成喜欢不幸的出身卑微的少女,对显贵的名媛不感冒,他自己也曾说过喜欢污浊中的美。川端康成爱上比他小6岁的伊藤初代,想和她结婚。伊藤初代长着一张典型的萝莉脸,因突发情况拒绝了川端康成的求婚,川端康成将这段经历经常写进作品里,甚至引起妻子秀子的嫉妒,所以他对女性的嫉妒之心、女性的内心世界洞察秋毫。

"母爱的缺乏与初恋时遭受的重大背叛给予川端康成的是一种对女人的充满矛盾的态度。即渴求女性的温柔与美丽的同时,又使他对女性产生深刻的怀疑和绝望。"[1]这样的人生经历造就了川端康成复杂而矛盾的女性观。

大江健三郎性格较为内向,总是与朋友保持一定距离,与女性也鲜有知交。不过他曾说过他"喜欢与幽默的女性、独立知性的女性交谈"[2],并且在实际生活中接触到不少这样的女性,他便将现实生活里偶遇的这些女性作为小说创作的素材。在大江健三郎的认知里,女性要在社会上生存是件很艰难的事,无论该女性有多优秀、多出众,在婚姻上都很失败。在现实生活里,大江健三郎一点儿都不浪漫,没有经历过轰轰烈烈的爱情,给他影响最深的女性是母亲和妹妹,结婚对象是友人之妹,他在这几个女人的庇护下生活。由于家里有智障儿,妻子一直精心抚养,大江健三郎在旁协助,并一起受着妻子的照顾。夫妻关系并不像其他人那般平等,相互间也就没有指责和道歉。他从未被女性赞美过,因此他并不自恋,认为自己是一个没有魅力的人。在《同时代游戏》后,他开始重视并塑造了大量的女性形象,她们既是批判者,也是庇护者和救济者。其外部原因来自20世纪80年代富冈多惠子、津岛佑子等女性作家对他的批评。富冈多惠子曾指出,"大江的作品里男主人公缺少女性伙伴"[3],津岛佑子希望他能

---

[1] 金明淑. 李光洙和川端康成作品中的女性形象比较[J]. 中央民族大学学报,2010(2):138.

[2] [日]大江健三郎. 大江健三郎:作家自身を語る[M]. 東京:新潮社,2007:154.

[3] [日]榎本正樹. 大江健三郎の八十年代[M]. 東京:彩流社,1995:258.

够在其作品里体现和发挥女性的作用。大江健三郎积极主动地接受了批评。

《人生的亲戚》实际上是他自己的叙事，他在生活中长期观察母亲、妻子和妹妹，将她们的性格和发生的事在小说里加以再现。大江健三郎一直都描写开朗的、独立的、不屈的女性，他认为终有一天男性社会会走到尽头，只有女性的力量才能够拯救地球。

大江夫妇的和谐关系使他尊敬和依赖女性，同时也令他感受到女性的坚强。这样生活环境下的大江健三郎对爱情反倒没有那么看重，家有智障儿令他将目光更多地投向遭遇悲惨命运的女性身上，从而形成了他简单的女性观：勇敢、坚强。

人生经历的坎坷是川端康成和大江健三郎的共同特征，如果没有这些经历，也许他们就不能取得这样的文学成就。川端康成的孤儿经历是他人生难得的宝贵财富，母爱的缺失使他对女性的温柔充满了向往，初恋的失败使他对女性的无怨无悔充满了期待，而对女性的嫉妒和猜疑充满了嫌弃。川端康成更多地体现了日本传统文学里的女性观，因此川端康成获得了世界的认同。大江健三郎患有先天脑病的残疾儿子使得他对人生有了独特的体验和思考。他的和平主义思想是他深受世界读者喜爱的原因之一。大江健三郎关心广岛核爆后人民的生活困境，对小泉参拜神社和安倍破坏和平宪法的行为总是表示强烈的反对，他与莫言惺惺相惜，他塑造的麻利惠走出了日本，大江健三郎是没有国界的，是世界的。

川端康成有30多部小说题目出现了女人、母亲、祖母、妹妹、新娘、舞女等含有女性的词语，如《伊豆的舞女》《处女的祈祷》《牺牲的新娘》《蚕女》《女人》《马美人》《女人的梦》《睡美人》等，由此可见他一直在观察和描写女性。《生为女人》描写了不同年龄层、不同社会处境的女性为情所困的痛苦和烦恼，刻画了女性的嫉妒和猜疑。妙子的无怨无悔、市子的高雅温柔展示了东方女性的传统美，而阿荣的任性妄为则是女性身上缺点的体现，三个女性迥然不同的性格反映了川端康成复杂而矛盾的女性观。而大江健三郎则是从1980年的《倾听雨树的女人们》开始，女性才成为其作品里的主角。短篇小说系列里面出现的女性多为独立的、自由的知识女性，她们并非叙事者的妻子或恋人，但很多女性作家如大庭美奈子、津岛佑子等都从中读出女性深深的悲叹。《人生的亲戚》里的麻利惠面临悲惨命运时的坚强和勇敢反映了大江健三郎对女性的尊敬和赞赏。

川端康成将日本女性的温柔、坚毅，大江健三郎将日本女性的勇敢、坚强及历经磨难后的生生不息展现在读者面前，人们可以从中获取力量。川端康成的女性观是对日本传统文学中的女性观的继承，大江健三郎则是对西方文学中的女性观的受容。两人女性观的不同之处体现了随着时代的变迁，他们对女性美的审美认知发生了变化。

参 考 文 献

中文书籍

［美］阿莉森·贾格尔. 女权主义政治与人的本质［M］. 孟鑫, 译. 北京：高等教育出版社, 2009.

［日］川端康成. 生为女人［M］. 朱春育, 译. 上海：上海译文出版社, 2015.

高慧勤, 魏大海. 芥川龙之介全集：第1卷［M］. 济南：山东文艺出版社, 2005.

高慧勤, 魏大海. 芥川龙之介全集：第2卷［M］. 济南：山东文艺出版社, 2012.

高慧勤, 魏大海. 芥川龙之介全集：第3卷［M］. 济南：山东文艺出版社, 2012.

高慧勤, 魏大海. 芥川龙之介全集：第4卷［M］. 济南：山东文艺出版社, 2012.

高西峰, 郭晓丽, 程静. 日本近代小说中的知识分子：夏目漱石论［M］. 北京：中国文联出版社, 2016.

［日］加藤周一. 日本文学史序说［M］. 叶渭渠, 唐月梅, 译. 北京：开明出版社, 1995.

李卓. 中日家族制度比较研究［M］. 北京：人民出版社, 2004.

［美］迈克尔·莱恩. 文学作品的多重解读［M］. 赵炎秋, 译. 北京：北京大学出版社, 2006.

［法］米歇尔·福柯. 性经验史［M］. 佘碧平, 译. 上海：上海人民出版社, 2005.

［日］三岛由纪夫. 金阁寺［M］. 陈德文, 译. 苏州：古吴轩出版社, 2021.

［日］森鸥外. 森鸥外精选集［M］. 高慧勤, 等译. 北京：北京燕山出版社, 2010.

［日］松本三之介. 国权与民权的变奏：日本明治精神结构［M］. 李冬君, 译. 北京：东方出版社, 2005.

唐月梅. 三岛由纪夫传［M］. 北京：新世界出版社, 2003.

汪正龙. 文学意义研究［M］. 南京：南京大学出版社, 2002.

［法］西蒙娜·德·波伏瓦. 第二性Ⅰ：事实与神话［M］. 郑克鲁, 译. 上海：上海译文出版社, 2011.

［法］西蒙娜·德·波伏瓦. 第二性Ⅱ：实际体验［M］. 郑克鲁, 译. 上海：上海译文出版社, 2011.

［日］夏目漱石. 春分之后［M］. 赵德远, 译. 上海：上海译文出版社, 2013.

［日］夏目漱石. 从此以后 心［M］. 侯绪梅, 李月婷, 译. 北京：北京理工大学出版社, 2015.

［日］夏目漱石. 行人 草枕［M］. 李月婷, 马丽, 译. 北京：北京理工大学出版社, 2015.

［日］永井荷风. 竞艳［M］. 谭晶华, 译. 上海：上海译文出版社, 2018.

［日］永井荷风. 梅雨前后［M］. 潘郁灵, 译. 北京：现代出版社, 2021.

［日］永井荷风. 美利坚物语［M］. 向轩, 译. 南京：南京大学出版

社，2010.

余华. 文城［M］. 北京：北京十月文艺出版社，2021.

［美］朱迪斯·巴特勒. 性别麻烦：女性主义与身份的颠覆［M］. 宋素凤，译. 上海：上海三联书店，2009.

［日］佐伯顺子. 爱欲日本［M］. 韩秋韵，译. 北京：新星出版社，2016.

日语书籍

奥泉光. 夏目漱石：読んじゃえば？［M］. 東京：河出書房新社，2015.

本多秋五. 現代日本文学大系第35巻：有島武郎論［M］. 東京：築摩書房，1970.

大江健三郎. 大江健三郎：作家自身を語る［M］. 東京：新潮社，2007.

島村輝. 日本文学研究論文集成45：大江健三郎［M］. 東京：若草書房，1998.

谷崎潤一郎. 日本文学全集21［M］. 東京：集英社，1972.

関口安義. 生誕一三〇年·没後九五年：時代を拓く芥川龍之介［M］. 東京：新日本出版社，2022.

関口安義. 世界文学としての芥川龍之介［M］. 東京：新日本出版社，2007.

芥川龍之介. 芥川龍之介全集：第九巻［M］. 東京：岩波書店，1996.

橋本治.「三島由紀夫」とはなにものだったのか［M］. 東京：新潮社，2005.

森鴎外. 日本文学全集4［M］. 東京：集英社，1973.

小谷野敦. 川端康成伝 双面の人［M］. 東京：中央公論新

社，2013.

小森陽一. 漱石論 [M]. 東京：岩波書店，2014.

永井荷風. つゆのあとさき [M]. 東京：中央公論社，1931.

永井荷風. ひかげの花 [M]. 東京：中央公論社，1946.

永井荷風. 現代文学大系 17　永井荷風集 [M]. 東京：筑摩書房，1965.

有島武郎. 有島武郎全集：第二卷 [M]. 東京：築摩書房，1980.

有島武郎. 有島武郎全集：第十一卷 [M]. 東京：筑摩書房，1980.

中文期刊

陈雪. 他者境遇中的自我追寻：论森鸥外《雁》中阿玉的时代性宿命 [J]. 世界文学评论，2012（1）：233-236.

郭洪纪. 东方的家庭美德与性歧视 [J]. 山西师大学报，1999（2）：66-72.

郭燕燕. 论《舞姬》中森鸥外的男权主义思想 [J]. 赤峰学院学报，2015（11）：192-193.

胡苏晓. 集体无意识-原型-神话母题：容格的分析心理学与神话原型批评 [J]. 外国文艺理论评介，1989（1）：133-140.

黄芳. 论日本现代女性作家对肉体记忆与精神记忆的重塑 [J]. 外国语文，2017（5）：19-25.

江紫嫒. 阿玉的悲惨人生：以森鸥外《雁》看明治女性的悲剧 [J]. 安徽文学，2018（5）：33-35.

金明淑. 李光洙和川端康成作品中的女性形象比较 [J]. 中央民族大学学报，2010（2）：133-139.

乐黛云. 中国女性意识的觉醒 [J]. 文学自由谈，1991（3）：45-49.

李永芳. 中国古代传统家族制度的历史嬗变 [J]. 湖南社会科学，

2022（1）：164-172.

李卓. 日本的父权家长制与孝的文明［J］. 日本研究，1995（4）：56-63.

刘芳. 荣格"原型"概念新探［J］. 南京师范大学文学院学报，2013（1）：100-105.

刘立善. 爱是夺取，还是奉献：论有岛武郎《爱是恣意夺取》［J］. 外国文学评论，1997（2）：81-87.

刘立善. 论森鸥外小说《雁》的人物悲剧［J］. 日本学刊，1998（2）：123-136.

刘思谦. "原型批评的理论与实践"笔谈：原型批评与集体无意识与性别［J］. 中州学刊，2001（3）：108-111.

刘盈皎. 北洋政府时期中国传统社会家族制度的法律转型［J］. 中国农史，2023（2）：125-134.

吕明洋. 对森鸥外《雁》的意象分析［J］. 文学教育（上），2015（2）：36-37.

罗元，黄芳. 东西方男权视角下的"夫弃"式悲剧：论《舞姬》和《蝴蝶夫人》中的"家庭天使"［J］. 中外文化，2020（9）：29-38.

彭晓燕. 《喜福会》中国母亲在男权社会和种族歧视下的他者形象［J］. 内蒙古师范大学学报，2013（1）：45-47.

史少博. 儒家思想在日本的传播与研究［J］. 学术论坛，2012（8）：210-213.

田晓琳. 沈从文与川端康成的女性观比较［J］. 吉首大学学报，2011（2）：39-42.

王虹. 女性意识的奴化、异化与超越［J］. 社会科学研究，2004（4）：93-98.

王升. 川端康成笔下与欧洲传统文学中的女性形象之比较［J］. 作家，2010（24）：93-94.

杨莉馨. 父权文化对女性的期待：试论西方文学中的"家庭天使"[J]. 南京师范大学学报，1996（2）：80-82.

张华清. 近代中国传统家族制度的瓦解及其社会影响[J]. 湖南师范大学社会科学学报，2020（5）：118-125.

张新民. 从《雷雨》看东西方"夫弃"悲剧模式[J]. 河南师范大学学报，2001（2）：79-82.

张月. 性别视域中爱欲与权力的格局[J]. 中州大学学报，2015（5）：74-80.

日语期刊

坂上博一. 『つゆのあとさき』論：『腕くらべ』との比較を主に—[J]. 明治大学教養論集，1974（84）：131-146.

濱島広大. 芥川龍之介「日本の女」に見える現実主義：『大君の都』と『ジャパン』の挿絵の比較を通して[J]. 文化交流研究，2020（15）：5-19.

長谷川泉. 現代女流文学の様相[J]. 国文学・解釈と鑑賞，1976（9）：6-14.

大久保健治. 有島武郎『石にひしがれた雑草』論[J]. 人文論究，1997（47）：16-30.

高木利夫. 永井荷風の近代性：そのパラドックスについて[J]. 法政大学社教養部紀要人文科学編，1991（78）：51-68.

磯貝英夫. 『雁』のお玉[J]. 解釈と教材の研究，1959（4）：67-71.

酒井敏. 『雁』論：未造と岡田の造型をめぐって[J]. 早稲田大学大学院文学研究科紀要，1986（1）：56-68.

内田満. 有島武郎の創作方法（下）：『石にひしがれた雑草』から『或る女』へ[J]. 同志社国文学，1976（11）：75-97.

南谷覺正. 永井荷風『つゆのあとさき』について：東京の変貌 [J]. ・馬大学社会情報学部研究論集, 2007 (14)：267 - 286.

清水良典.「厄介な」愛のねじれ方 [J]. 群像, 2015 (3)：326 - 327.

山本亮介. 長い小説の作り方：芥川龍之介「偸盗」論 [J]. 文学論藻, 2022 (96)：69 - 88.

水田宗子. 近代化と女性表現の軌跡 [J]. 女性学, 1999 (7)：8 - 22.

学位论文

陈萍. 永井荷风小说中的女性形象：以《地狱之花》《各显神通》为中心 [D]. 呼和浩特：内蒙古大学, 2020.

代路.《雁》中小玉的自我觉醒：明治时期女性自我觉醒之一侧面 [D]. 重庆：四川外语学院, 2012.

顾晚情. 贾格尔女性异化理论及其当代意义研究 [D]. 哈尔滨：哈尔滨师范大学, 2023. 贺丽灵."新"时代的"旧"女性：从文学伦理学批评的角度看《雁》[D]. 武汉：华中科技大学, 2017.

黄鹿静. 日本明治初期（1868 - 1879）女子教育研究 [D]. 开封：河南大学, 2018.

姜子华. 女性主义与现代文学的性别主体性叙事 [D]. 长春：东北师范大学, 2010.

李奎原. 中国童养媳研究：以近代江西为中心的透视 [D]. 天津：天津商业大学, 2017.

李伟华. 日本"艺妓文学"与身体审美 [D]. 西安：陕西师范大学, 2016.

刘娟. 森鸥外小说创作研究 [D]. 长春：吉林大学, 2022.

刘煜. 永井荷风文学中的虚无主义：以《争风吃醋》《梅雨时节》

《墨东绮谭》为中心［D］．武汉：华中师范大学，2021．

马莹．小玉的自我觉醒和他者体验：试论森鸥外的小说《雁》［D］．上海：上海外国语大学，2017．

么淑云．森鸥外作品中的女性形象［D］．哈尔滨：黑龙江大学，2013．

秦雪．微观权力视角下永井荷风女性题材小说研究：以《地狱之花》《两个妻子》《梅雨时节》为例［D］．大连：大连外国语大学，2022．

宋暖．贾格尔女性异化理论研究［D］．长春：吉林大学，2022．

王擎宇．性叙事文学中性权力叙事的三类模式［D］．呼和浩特：内蒙古师范大学，2020．

王一玮．《地狱之花》人物形象论［D］．长春：东北师范大学，2018．